学生阅读馆
Xuesheng Yuedu Guan

倾听戴望舒

Qing Ting Daiwangshu

雨巷

戴望舒 著
吾人 选编

倾听文学书系

中国广播电视出版社
CHINA RADIO & TELEVISION PUBLISHING HOUSE

目录

梦中的呓语·雨巷诗人

寂寞的漂泊·寻梦诗人

灾难的岁月·民族诗人

游记小说

文艺札记

倾听戴望舒

·梦中的呓语·雨巷诗人·

雨巷

撑着油纸伞，
独自
彷徨在悠长，
悠长
又寂寥的雨巷，
我希望逢着
一个丁香一样地
结着愁怨的姑娘。

她是有
丁香一样的颜色，
丁香一样的芬芳，
丁香一样的忧愁，
在雨中哀怨，
哀怨又彷徨；

她彷徨在这寂寥的雨巷，
撑着油纸伞
像我一样，
像我一样地
默默彳亍着，

冷漠，凄清，又惆怅。

她静默地走近
走近，又投出
太息一般的眼光，
她飘过
像梦一般地，
像梦一般地凄婉迷茫。

像梦中飘过，
一枝丁香地，
我身旁飘过这女郎；
她静默地远了，远了，
到了颓圮的篱墙，
走尽这雨巷。

在雨的哀曲里，
消了她的颜色，
散了她的芬芳，
消散了，甚至她的
太息般的眼光，
她丁香般的惆怅。

撑着油纸伞，独自
彷徨在悠长，悠长
又寂寥的雨巷，
我希望飘过
一个丁香一样地
结着愁怨的姑娘。

夕阳下

晚云在暮天上散锦，
溪水在残日里流金；
我瘦长的影子飘在地上，
像山间古树底寂寞的幽灵。

远山啼哭得紫了，
哀悼着白日的长终；
落叶却飞舞欢迎
幽夜的衣角，那一片清风。

荒冢里流出幽古的芬芳，
在老树枝头把蝙蝠迷上，
它们缠绵琐细的私语，
在晚烟中低低地回荡。

幽夜偷偷地从天末归来，
我独自还恋恋地徘徊；
在这寂寞的心间，我是
消隐了忧愁，消隐了欢快。

寒风中闻雀声

枯枝在寒风里悲叹，
死叶在大道上萎残；
雀儿在高唱薤露歌，
一半儿是自伤自感。

大道上寂寞凄清，
高楼上悄悄无声，
只那孤岑的雀儿
伴着孤岑的少年人。

寒风吹老了树叶，
又来吹老少年的华鬓，
更在他的愁怀里
将一丝的温馨吹尽。

唱啊，我同情的雀儿，
唱破我芬芳的梦境；
吹罢，你无情的风儿，
吹断了我飘摇的微命。

自家伤感

怀着热望来相见，
冀希从头细说，
偏你冷冷无言；
我只会踏着残叶
远去了，自家伤感。

希望今又成虚，
且消受终天长怨。
看风里的蜘蛛，
又可怜地飘断
这一缕零丝残绪。

生涯

泪珠儿已抛残，
只剩了悲思。
无情的百合啊，
你明丽的花枝。
你太娟好，太轻盈，
使我难吻你娇唇。

人间伴我的是孤苦，
白昼给我的是寂寥；
只有那甜甜的梦儿，
慰我在深宵：
我希望长睡沉沉，
长在那梦里温存。

可是清晨我醒来
在枕边找到了悲哀：
欢乐只是一幻梦，
孤苦却待我生挨！
我暗把泪珠哽咽，
我又生活了一天。

泪珠儿已抛残，
悲思偏无尽，
啊，我生命的慰安！
我屏营待你垂悯：
在这世间寂寂，
朝朝只有呜咽。

流浪人的夜歌

残月是已死的美人，
在山头哭泣嘤嘤，
哭她细弱的魂灵。

怪枭在幽谷悲鸣，
饥狼在嘲笑声声，
在那残碑断碣的荒坟。

此地是黑暗的占领，
恐怖在统治人群，
幽夜茫茫地不明。

来到此地泪盈盈，
我是颠连飘泊的孤身
我要与残月同沉。

Fragments[①]

不要说爱还是恨，
这问题我不要分明：
当我们提壶痛饮时，
可先问是酸酒是芳醇？

愿她温温的眼波
荡醒我心头的春草：
谁希望有花儿果儿？
但愿在春天里活几朝。

① 标题是法文，收入《望舒诗稿》时译为《断章》。

凝泪出门

昏昏的灯，
溟溟的雨，
沉沉的未晓天；
凄凉的情绪：
将我的愁怀占住。

凄绝的寂静中
你还酣睡未醒；
我无奈踯躅徘徊，
独自凝泪出门：
啊，我已够伤心。

清冷的街灯，
照着车儿前进；
在我的胸怀里，
我是失去了欢欣，
愁苦已来临。

可知

可知怎的旧时的欢乐
到回忆都变作悲哀，
在月暗灯昏时候
重重地兜上心来，
　　啊，我的欢爱！

为了如今惟有愁和苦，
朝朝的难遣难排，
恐惧以后无欢日，
愈觉得旧时难再，
　　啊，我的欢爱！

可是只要你能爱我深，
只要你深情不改，
这今日的悲哀，
会变作来朝的欢快，
　　啊，我的欢爱！

否则悲苦难排解，
幽暗重重向我来，
我将含怨沉沉睡
睡在那碧草青苔，
　　啊，我的欢爱！

静夜

像侵晓蔷薇底蓓蕾
含着晶耀的香露，
你盈盈地低泣，低着头，
你在我心头开了烦忧路。

你哭泣嘤嘤地不停，
我心头反覆地不宁；
这烦忧是从何处生
使你堕泪，又使我伤心？

停了泪儿啊，请莫悲伤，
且把那原因细讲，
在这幽夜沉寂又微凉，
人静了，这正是时光。

山行

见了你朝霞的颜色，
便感到我落月的沉哀，
却似晓天的云片，
烦怨飘上我心来。

可是不听你啼鸟的娇音，
我就要像流水地呜咽，
却似凝露的山花，
我不禁地泪珠盈睫。

我们彳亍在微茫的山径，
让梦香吹上了征衣，
和那朝霞，和那啼鸟，
和你不尽的缠绵意。

残花的泪

寂寞的古园中，
明月照幽素，
一枝凄艳的残花
对着蝴蝶泣诉：

我的娇丽已残，
我的芳时已过，
今宵我流着香泪，
明朝会萎谢尘土。

我的旖艳与温馨，
我的生命与青春
都已为你所有，
都已为你消受尽！

你旧日的蜜意柔情，
如今已抛向何处？
看见我憔悴的颜色，
你啊，你默默无语！

你会把我孤凉地抛下，
独自蹁跹地飞去，
又飞到别枝春花上，
依依地将她恋住。

明朝晓日来时
小鸟将为我唱薤露歌；
你啊，你不会眷顾旧情
到此地来凭吊我！

十四行

微雨飘落在你披散的鬓边，
像小珠碎落在青色的海带草间
或是死鱼飘翻在浪波上，
闪出神秘又凄切的幽光；

诱着又带着我青色的灵魂
到爱和死的梦的王国中睡眠，
那里有金色的空气和紫色的太阳，
那里可怜的生物将欢乐的眼泪流到胸膛；

就像一只黑色的衰老的瘦猫，
在幽光中我憔悴又伸着懒腰，
流出我一切虚伪和真诚的骄傲，
然后，又跟着它踉跄在轻雾朦胧；
像淡红的酒沫飘在琥珀钟，
我将有情的眼藏在幽暗的记忆中。

不要这样盈盈地相看

不要这样盈盈地相看，
把你伤感的头儿垂倒，
静，听啊，远远地，在林里，
在死叶上的希望又醒了。

是一个昔日的希望
它沉睡在林里已多年；
是一个缠绵烦琐的希望，
它早在遗忘里沉湮。

不要这样盈盈地相看，
把你伤感的头儿垂倒，
这一个昔日的希望，
它已被你惊醒了。

这是缠绵烦琐的希望，
如今已被你惊起了，
它又要依依地前来
将你与我烦扰。

不要这样盈盈地相看，
把你伤感的头儿垂倒，
静，听啊，远远地，从林里，
惊醒的昔日的希望来了。

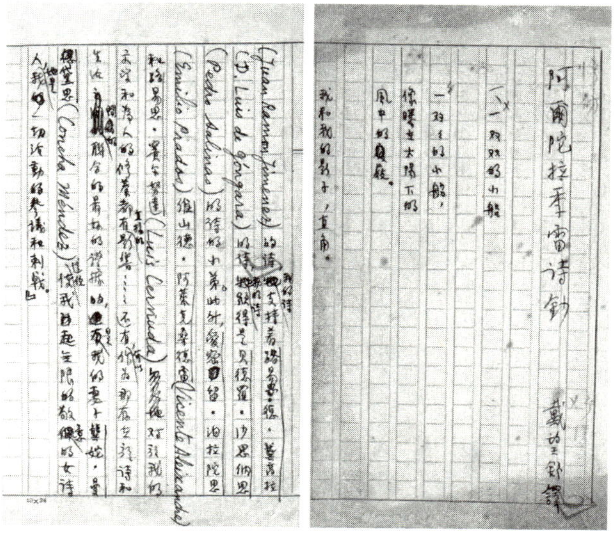

戴望舒手稿

回了心儿吧①

回了心儿吧，Ma chère ennemie，
我从今不更来无端地烦恼你。

你看我啊，你看我伤碎的心，
我惨白的脸，我哭红的眼睛！

回来啊，来一抚我伤痕
用盈盈的微笑或轻轻的一吻。

Aime un Peu！我把无主的灵魂付你：
这是我无上的愿望和最大的冀希。

回了心儿吧，我这样向你泣诉，
Un peu d' amour，pour moi；c' est déjà trop！

---

① 这首诗夹用了一些法文，大意如下：
回了心儿吧，我又爱又恨的冤家，
我从今不更来无端地烦恼你。

你看我啊，你看我伤碎的心，
我惨白的脸，我哭红的眼睛！

回来啊，来一抚我伤痕
用盈盈的微笑或轻轻的一吻。

给我一点爱！我把无主的灵魂付你：
这是我无上的愿望和最大的冀希。

回了心儿吧，我这样向你泣诉，
你的爱，给我一点，我也就满足！

Spleen[1]

我如今已厌看蔷薇色，
一任她娇红披满枝。

心头的春花已不更开，
幽黑的烦忧已到我欢乐之梦中来。

我的唇已枯，我的眼已枯，
我呼吸着火焰，我听见幽灵低诉。

去吧，欺人的美梦，欺人的幻象，
天上的花枝，世人安能痴想！

我颓唐地在挨度这迟迟的朝夕，
我是个疲倦的人儿，我等待着安息。

---

① 标题是法文，收入《望舒诗稿》时译为《忧郁》。

残叶之歌

男　　子

你看，湿了雨珠的珠叶
静静地停在枝头。
（湿了珠泪的微心
轻轻地贴在你心头。）

它踌躇着怕那微风
吹它到缥缈的长空。

女　　子

你看，那小鸟曾经恋过枝叶，
如今却要飘忽无迹。
（我底心儿和残叶一样，
你啊，忍心人，你要去他方。）

它可怜地等待着微风，
要依风去追逐爱者的行踪。

男　　子

那么，你是叶儿，我是那微风，
我曾爱你在枝上，也爱你在街中。

女　　子

来吧，你把你微风吹起，
我将我残叶的生命还你。

Mandoline[①]

从水上飘起的，春夜的 Mandoline，
你咽怨的亡魂，孤冷又缠绵，
你在哭你的旧时情？

你徘徊到我的窗边，
寻不到昔日的芬芳，
你惆怅地哭泣到花间。

你凄婉地又重进我的纱窗，
还想寻些坠鬟的珠屑——
啊，你又失望地咽泪去他方。

你依依地又来到我耳边低泣；
啼着那颓唐哀怨之音；
然后，懒懒地，到梦水间消歇。

① 标题是法文，收入《望舒诗稿》时译为《闻曼陀铃》。

路上的小语

——给我吧，姑娘，那朵簪在你发上的
小小的青色的花，
它是会使我想起你的温柔来的。

——它是到处都可以找到的，
那边，你看，在树林下，在泉边，
而它又只会给你悲哀的记忆的。

——给我吧，姑娘，你的像花一样地燃着的，
像红宝石一般晶耀着的嘴唇，
它会给我蜜的味，酒的味。

——不，它只有青色的橄榄的味，
和未熟的苹果的味，
而且是不给说谎的孩子的。

——给我吧，姑娘，那在你衫子下的
你的火一样的，十八岁的心，
那里是盛着天青色的爱情的。

——它是我的，是不给任何人的，
除非别人愿意把他自己的真诚的
来作一个交换，永恒地。

林下的小语

走进幽暗的树林里
人们在心头感到了寒冷，
亲爱的，在心头你也感到寒冷吗？
当你拥在我怀里
而且把你的唇黏着我的时候？

不要微笑，亲爱的，
啼泣一些是温柔的，
啼泣吧，亲爱的，啼泣在我的膝上，
在我的胸头，在我的颈边。
啼泣不是一个短促的欢乐。

“追随你到世界的尽头”，
你固执地这样说着吗？
你说得多傻！你去追随天风吧！
我呢，我是比天风更轻，更轻，
是你永远追随不到的。

哦，不要请求我的心了！
它是我的，是只属于我的。
什么是我们的恋爱的纪念吗？
拿去吧，亲爱的，拿去吧，
这沉哀，这绛色的沉哀。

夜是

夜是清爽而温暖；
飘过的风带着青春和爱的香味，
我的头是靠在你裸着的膝上，
你想笑，而我却哭了。

温柔的是缢死在你的发上，
它是那么长，那么细，那么香，
但是我是怕着，那飘过的风
要把我们的青春带去。

我们只是被年海的波涛
挟着飘去的可怜的 épaves，
不要讲古旧的 romance 和理想的梦国了，
纵然你有柔情，我有眼泪。

我是怕着：那飘过的风
已把我们的青春和别人的一同带去了；
爱呵，你起来找一下吧，
它可曾把我们的爱情带去。

印象

是飘落深谷去的
幽微的铃声吧，
是航到烟水去的
小小的渔船吧，
如果是青色的真珠；
它已堕到古井的暗水里。

林梢闪着的颓唐的残阳，
它轻轻地敛去了
跟着脸上浅浅的微笑。

从一个寂寞的地方起来的，
迢遥的，寂寞的呜咽，
又徐徐回到寂寞的地方，寂寞地。

秋天的梦

迢遥的牧女的羊铃，
摇落了轻的树叶。

秋天的梦是轻的，
那是窈窕的牧女之恋。

于是我的梦是静静地来了，
但却载着沉重的昔日。

唔，现在，我是有一些寒冷，
一些寒冷，和一些忧郁。

野宴

对岸青叶荫下的野餐，
只有百里香和野菊作伴；
河水已洗涤了碍人的礼仪，
白云遂成为飘动的天幕。

那里有木叶一般绿的薄荷酒，
和你所爱的芬芳的腊味，
但是这里有更可口的芦笋
和更新鲜的乳酪。

我的爱软的草的小姐，
你是知味的美食家：
先尝这开胃的饮料，
然后再试那丰盛的名菜。

三顶礼

引起寂寂的旅愁的，
翻着软浪的暗暗的海，
我的恋人的发，
受我怀念的顶礼。

恋之色的夜合花，
佻挞的夜合花，
我的恋人的眼，
受我沉醉的顶礼。

给我苦痛的螫的，
苦痛的但是欢乐的螫的，
你小小的红翅的蜜蜂，
我的恋人的唇，
受我怨恨的顶礼。

二月

春天已在野菊的头上逡巡着了，
春天已在斑鸠的羽上逡巡着了，
春天已在青溪的藻上逡巡着了，
绿荫的林遂成为恋的众香国。

于是原野将听倦了谎话的交换，
而不载重的无邪的小草
将醉着温软的皓体的甜香；

于是，在暮色冥冥里，
我将听了最后一个游女的惋叹，
拈着一枝蒲公英缓缓地归去。

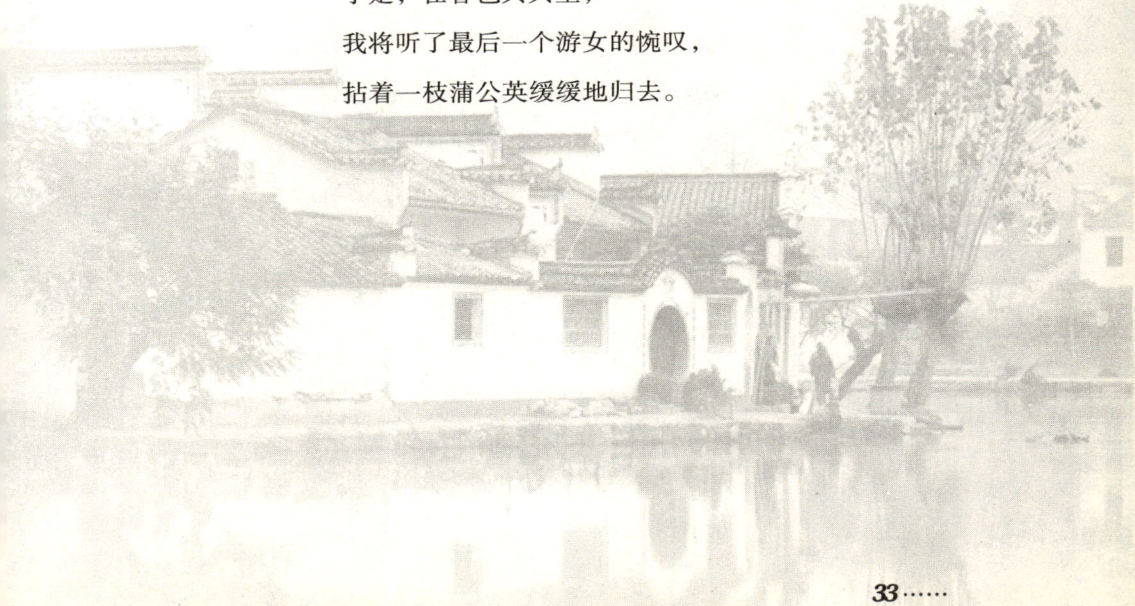

小病

从竹帘里漏进来的泥土的香，
在浅春的风里它几乎凝住了；
小病的人嘴里感到了莴苣的脆嫩，
于是遂有了家乡小园的神往。

小园里阳光是常在芸苔的花上吧，
细风是常在细腰蜂的翅上吧，
病人吃的莱菔的叶子许被虫蛀了，
而雨后的韭菜却许已有甜味的嫩芽了。

现在，我是害怕那使我脱发的饕餮了，
就是那滑腻的海鳗般美味的小食也得斋戒，
因为小病的身子在浅春的风里是软弱的，
况且我又神往于家园阳光下的莴苣。

款步（一）

这里是爱我们的苍翠的松树，
它曾经遮过你的羞涩和我的胆怯，
我们的这个同谋者是有一个好记性的，
现在，它还向我们说着旧话，但并不揶揄。

还有那多嘴的深草间的小溪，
我不知道它今天为什么缄默：
我不看见它，或许它已换一条路走了，
饶舌着，施施然绕着小村而去了。

这边是来做夏天的客人的闲花野草，
它们是穿着新装，像在婚筵里，
而且在微风里对我们作有礼貌的礼敬，
好像我们就是新婚夫妇。

我的小恋人，今天我不对你说草木的恋爱，
却让我们的眼睛静静地说我们自己的，
而且我要用我的舌头封住你的小嘴唇了，
如果你再说：我已闻到你的愿望的气味。

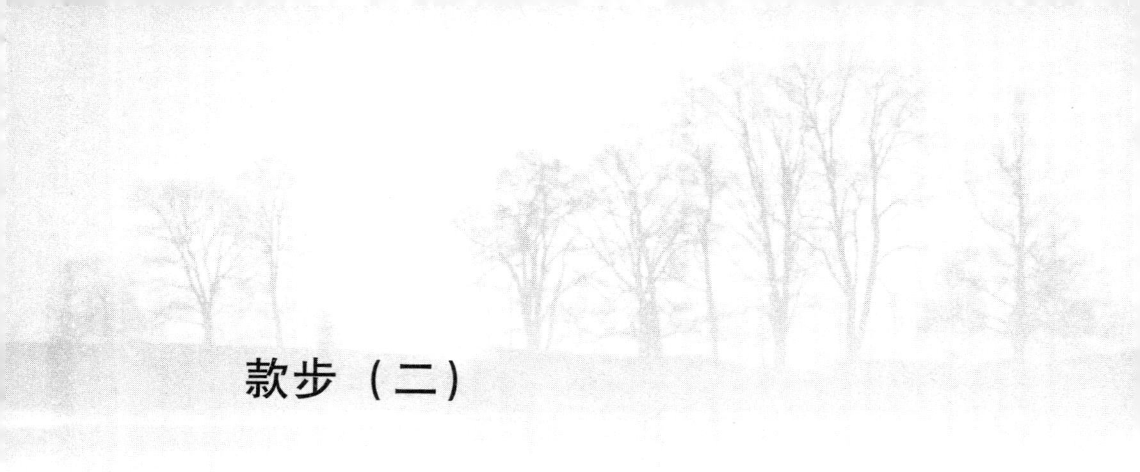

款步（二）

答应我绕过这些木栅，
去坐在江边的游椅上。
啮着沙岸的永远的波浪，
总会从你投出着的素足
撼动你抿紧的嘴唇的。
而这里，鲜红并寂静得
与你的嘴唇一样的枫林间，
虽然残秋的风还未来到，
但我已经从你的缄默里，
觉出了它的寒冷。

过时

说我是一个在怅惜着，
怅惜着好往日的少年吧，
我唱着我的崭新的小曲，
而你却揶揄：多么“过时！”

是呀，过时了，我的“单恋女”
都已经变作妇人或是母亲，
而我，我还可怜地年轻——
年轻？不吧，有点靠不住。

是呀，年轻是有点靠不住，
说我是有一点老了吧！
你只看我拿手杖的姿态
它会告诉你一切，而我的眼睛亦然。

老实说，我是一个年轻的老人了：
对于秋草秋风是太年轻了，
而对于春月春花却又太老。

有赠①

谁曾为我束起许多花枝
灿烂过又憔悴了的花枝，
谁曾为我穿起许多泪珠，
又倾落到梦里去的泪珠？

我认识你充满了怨恨的眼睛，
我知道你愿意缄在幽暗中的话语，

---

① 1936年，上海艺华影片公司拍摄《初恋》时，作曲家陈歌辛协助诗人。对这首诗作了很大的改动，然后谱曲，作为影片主题歌。以下为歌词：

我走遍漫漫的天涯路，
我望断遥远的云和树，
多少的往事堪重数，
你啊，你在何处？
我难忘你哀怨的眼睛，
我知道你的沉默的情意，
你牵引我到一个梦中，
我却在别人梦中忘记你！
哦，我的梦和遗忘的人！
哦，受我最祝福的人！
终日我灌溉着蔷薇，
却让幽兰枯萎！

有赠

你引我到了一个梦中，
我却又在另一个梦中忘了你。

我的梦和我的遗忘中的人，
哦，受过我暗自祝福的人，
终日有意地灌溉着蔷薇，
我却无心地让寂寞的兰花愁谢。

秋蝇

木叶的红色，
木叶的黄色，
木叶的土灰色：
窗外的下午！

用一双无数的眼睛，
衰弱的苍蝇望得昏眩。
这样窒息的下午啊！
它无奈地搔着头搔着肚子。

木叶，木叶，木叶，
无边木叶萧萧下。

玻璃窗是寒冷的冰片了，
太阳只有苍茫的色泽。
巡回地散一次步吧！
它觉得它的脚软。

红色，黄色，土灰色，
昏眩的万花筒的图案啊！

迢遥的声音，古旧的，
大伽蓝的钟磬？天末的风？
苍蝇有点僵木，
这样沉重的翼翅啊！

飘下地，飘上天的木叶旋转着，
红色，黄色，土灰色的错杂的回轮。

无数的眼睛渐渐模糊，昏黑，
什么东西压到轻绡的翅上，
身子像木叶一般地轻，
载在巨鸟的翎翮上吗？

微辞

园子里蝶褪了粉蜂褪了黄，
则木叶下的安息是允许的吧，
然而好弄玩的女孩子是不肯休止的，
“你瞧我的眼睛，”她说，“它们恨你！”

女孩子有恨人的眼睛，我知道，
她还有不洁的指爪，
但是一点恬静和一点懒是需要的，
只瞧那新叶下静静的蜂蝶。

魔道者使用蔓陀罗根或是枸杞，
而人却像花一般地顺从时序，
夜来香娇妍地开了一个整夜，
朝来送入温室一时能重鲜吗？

园子都已恬静，
蜂蝶睡在新叶下，
迟迟的永昼中，
无厌的女孩子也该休止。

妾薄命

一枝，两枝，三枝，
床巾上的图案花
为什么不结果子啊！
过去了：春天，夏天，秋天。

明天梦已凝成了冰柱；
还会有温煦的太阳吗？
纵然有温煦的太阳，跟着檐溜，
去寻坠梦的玎玲吧！

少年行

是簪花的老人呢，
灰暗的篱笆披着茑萝；

旧曲在颤动的枝叶问死了，
新蜕的蝉用单调的生命赓续。

结客寻欢都成了后悔，
还要学少年的行蹊吗？

平静的天，平静的阳光下，
烂熟的果子平静地落下来了。

不寐

在沉静的音波中，
每个爱娇的影子
在眩晕的脑里
作瞬间的散步；

只有短促的瞬间，
然后列成桃色的队伍，
月移花影地淡然消溶：
飞机上的阅兵式。

掌心抵着炎热的前额，
腕上有急促的温息；
是那一宵的觉醒啊？
这种透过皮肤的温息。

让沉静的最高的音波，
来震破脆弱的耳膜吧。
窒息的白色帐子，墙……
什么地方去喘一口气呢？

深闭的园子

五月的园子，
已花繁叶满了，
浓荫里却静无鸟喧。

小径已铺满苔藓，
而篱门的锁也锈了——
主人却在迢遥的太阳下。

在迢遥的太阳下，
也有璀璨的园林吗？

陌生人在篱边探首，
空想着天外的主人。

灯

士为知己者用，
故承恩的灯
遂做了恋的同谋人：
作憧憬之雾的
青色的灯，
作色情之屏的
桃色的灯。

因为我们知道爱灯，
如仁者乐山，智者乐水，
为供它的法眼的鉴赏
我们展开秘藏的风俗画；
灯却不笑人的风魔。

在灯的友爱的光里，
人走进了美容院；
千手千眼的技师，
替人匀着最宜雅的脂粉，
于是我们便目不暇给。

太阳只发着学究的教训，
而灯光却作着亲切的密语，
至于交头接耳的暗黑，
就是饕餮者的施主了。

微笑

轻岚从远山飘开，
水蜘蛛在静水上徘徊；
说吧：无限意，无限意。

有人微笑，
一颗心开出花来，
有人微笑，
许多脸儿忧郁起来。

做定情之花带的点缀吧，
做迢遥之旅愁的凭借吧。

霜花

九月的霜花，
十月的霜花，
雾的娇女，
开到我鬓边来。

装点着秋叶，
你装点了单调的死。
雾的娇女，
来替我簪你素艳的花。

你还有珍珠的眼泪吗？
太阳已不复重燃死灰了。
我静观我鬓丝的零落，
于是我迎来你所装点的秋。

倾听戴望舒

·寂寞的漂泊·寻梦诗人·

寻梦者

梦会开出花来的，
梦会开出娇妍的花来的：
去求无价的珍宝吧。

在青色的大海里，
在青色的大海的底里，
深藏着金色的贝一枚。

你去攀九年的冰山吧，
你去航九年的旱海吧，
然后你逢到那金色的贝。

它有天上的云雨声，
它有海上的风涛声，
它会使你的心沉醉。

把它在海水里养九年，
把它在天水里养九年，
然后，它在一个暗夜里开绽了。

当你鬓发斑斑了的时候，
当你眼睛朦胧了的时候，
金色的贝吐出桃色的珠。

把桃色的珠放在你怀里，
把桃色的珠放在你枕边，
于是一个梦静静地升上来了。

你的梦开出花来了，
你的梦开出娇妍的花来了，
在你已衰老了的时候。

乐园鸟

飞着，飞着，春，夏，秋，冬，
昼，夜，没有休止，
华羽的乐园鸟，
这是幸福的云游呢，
还是永恒的苦役？

渴的时候也饮露，
饥的时候也饮露，
华羽的乐园鸟，
这是神仙的佳肴呢，
还是为了对于天的乡思？

是从乐园里来的呢，
还是到乐园里去的？
华羽的乐园鸟，
在茫茫的青空中，
也觉得你的路途寂寞吗？

假使你是从乐园里来的，
可以对我们说吗，
华羽的乐园鸟，
自从亚当、夏娃被逐后，
那天上的花园已荒芜到怎样了？

我的记忆

我的记忆是忠实于我的，
忠实得甚于我最好的友人。

它存在在燃着的烟卷上，
它存在在绘着百合花的笔杆上，
它存在在破旧的粉盒上，
它存在在颓垣的木莓上，
它存在在喝了一半的酒瓶上，
在撕碎的往日的诗稿上，在压干的花片上，
在凄暗的灯上，在平静的水上，
在一切有灵魂没有灵魂的东西上，
它在到处生存着，像我在这世界一样。

它是胆小的，它怕着人们的喧嚣，
但在寂寥时，它便对我来作密切的拜访。
它的声音是低微的，
但是它的话是很长，很长，

很多，很琐碎，而且永远不肯休：
它的话是古旧的，老是讲着同样的故事，
它的音调是和谐的，老是唱着同样的曲子，
有时它还模仿着爱娇的少女的声音，
它的声音是没有气力的，
而且还夹着眼泪，夹着太息。

它的拜访是没有一定的，
在任何时间，在任何地点，
甚至当我已上床，朦胧地想睡了；
人们会说它没有礼貌，
但是我们是老朋友。

它是琐琐地永远不肯休止的，
除非我凄凄地哭了，或是沉沉地睡了；
但是我永远不讨厌它，
因为它是忠实于我的。

独自的时候

房里曾充满过清朗的笑声，
正如花园里充满过蔷薇；
人在满积着的梦的灰尘中抽烟，
沉想着消逝了的音乐。

在心头飘来飘去的是什么啊，
像白云一样地无定，像白云一样地沉郁？
而且要对它说话也是徒然的，
正如人徒然地向白云说话一样。

幽暗的房里耀着的只有光泽的木器，
独语着的烟斗也黯然缄默，
人在尘雾的空间描摹着惨白的裸体
和烧着人的火一样的眼睛。

为自己悲哀和为别人悲哀是一样的事，
虽然自己的梦是和别人的不同的，
但是我知道今天我是流过眼泪，
而从外边，寂静是悄悄地进来。

秋天

再过几日秋天是要来了，
默坐着，抽着陶器的烟斗，
我已隐隐地听见它的歌吹
从江水的船帆上。

它是在奏着管弦乐：
这个使我想起做过的好梦；
从前我认它为好友是错了，
因为它带了忧愁来给我。

林间的猎角声是好听的，
在死叶上的漫步也是乐事，
但是，独身汉的心地我是很清楚的，
今天，我没有闲雅的兴致。

我对它没有爱也没有恐惧，
我知道它所带来的东西的重量，
我是微笑着，安坐在我的窗前，
当浮云带着恐吓的口气来说：
秋天要来了，望舒先生！

对于天的怀乡病

怀乡病，怀乡病，
这或许是一切有一张有些忧郁的脸，
一颗悲哀的心，
而且老是缄默着，
还抽着一支烟斗的
人们的生涯吧。

怀乡病，哦，我呵，
我也许是这类人之一，
我呢，我渴望着回返
到那个天，到那个如此青的天
在那里我可以生活又死灭，
像在母亲的怀里，
一个孩子笑着和哭着一样。

我呵，我真是一个怀乡病者，
是对于天的，对于那如此青的天的，
在那里我可以安安地睡着
没有半边头风，没有不眠之夜，
没有心的一切的烦恼，
这心，它，已不是属于我的，
而有人已把它抛弃了，
像人们抛弃了敝舄一样。

旅思

故乡芦花开的时候，
旅人的鞋跟染着征泥，
黏住了鞋跟，黏住了心的征泥，
几时经可爱的手拂拭？

栈石星饭的岁月，
骤山骤水的行程：
只有寂静中的促织声，
给旅人尝一点家乡的风味。

到我这里来

到我这里来，假如你还存在着，
全裸着，披散了你的发丝：
我将对你说那只有我们两人懂得的话。

我将对你说为什么蔷薇有金色的花瓣，
为什么你有温柔而馥郁的梦，
为什么锦葵会从我们的窗间探首进来。

人们不知道的一切我们都会深深了解，
除了我的手的颠动和你的心的奔跳；
不要怕我发着异样的光的眼睛，
向我来：你将在我的臂间找到舒适的卧榻。

可是，啊，你是不存在着了，
虽则你的记忆还使我温柔地颤动，
而我是徒然地等待着你，每一个傍晚，
在菩提树下，沉思地，抽着烟。

烦忧

说是寂寞的秋的悒郁，
说是辽远的海的怀念。
假如有人问我烦忧的原故，
我不敢说出你的名字。

我不敢说出你的名字，
假如有人问我烦忧的原故：
说是辽远的海的怀念，
说是寂寞的秋的悒郁。

百合子

百合子是怀乡病的可怜的患者，
因为她的家是在灿烂的樱花丛里的；
我们徒然有百尺的高楼和沉迷的香夜，
但温煦的阳光和朴素的木屋总常在她缅想中。

她度着寂寂的悠长的生涯，
她盈盈的眼睛茫然地望着远处；
人们说她冷漠的是错了，
因为她沉思的眼里是有着火焰。

她将使我为她而憔悴吗？
或许是的，但是谁能知道？
有时她向我微笑着，
而这忧郁的微笑使我也坠入怀乡病里。

她是冷漠的吗？不。
因为我们的眼睛是秘密地交谈着；
而她是醉一样地合上了她的眼睛的，
如果我轻轻地吻着她花一样的嘴唇。

八重子

八重子是永远地忧郁着的，
我怕她会郁瘦了她的青春。
是的，我为她的健康挂虑着，
尤其是为她的沉思的眸子。

发的香味是簪着辽远的恋情，
辽远到要使人流泪；
但是要使她欢喜，我只能微笑，
只能像幸福者一样地微笑。

因为我要使她忘记她的孤寂，
忘记萦系着她的渺茫的乡思，
我要使她忘记她在走着
无尽的，寂寞的凄凉的路。

而且在她的唇上，我要为她祝福，
为我的永远忧郁着的八重子，
我愿她永远有着意中人的脸，
春花的脸，和初恋的心。

梦都子

致霞村[1]

她有太多的蜜饯的心——
在她的手上，在她的唇上；
然后跟着口红，跟着指爪，
印在老绅士的颊上，
刻在醉少年的肩上。

我们是她年轻的爸爸，诚然
但也害怕我们的女儿到怀里来撒娇，
因为在蜜饯的心以外，
她还有蜜饯的乳房，
而在撒娇之后，她还会放肆。

你的衬衣上已有了贯矢的心，
而我的指上又有了纸捻的约指，
如果我爱惜我的秀发，
那么你又该受那心愿的忤逆。

---

① 霞村，即徐霞村。

我的素描

辽远的国土的怀念者，
我，我是寂寞的生物。

假若把我自己描画出来，
那是一幅单纯的静物写生。

我是青春和衰老的集合体，
我有健康的身体和病的心。

在朋友间我有爽直的声名，
在恋爱上我是一个低能儿。

因为当一个少女开始爱我的时候，
我先就要栗然地惶恐。

我怕着温存的眼睛，
像怕初春青空的朝阳。

我是高大的，我有光辉的眼；
我用爽朗的声音恣意谈笑。

但在悒郁的时候，我是沉默的，
悒郁着，用我二十四岁的整个的心。

单恋者

我觉得我是在单恋着，
但是我不知道是恋着谁：
是一个在迷茫的烟水中的国土吗，
是一枝在静默中零落的花吗，
是一位我记不起的陌路丽人吗？
我不知道。
我知道的是我的胸膨胀着，
而我的心怿动着，像在初恋中。

在烦倦的时候，
我常是暗黑的街头的踯躅者，
我走遍了嚣嚷的酒场，
我不想回去，好像在寻找什么。
飘来一丝媚眼或是塞满一耳腻语，
那是常有的事。
但是我会低声说：
“不是你！”然后踉跄地又走向他处。
人们称我为“夜行人”，
尽便吧，这在我是一样的；
真的，我是一个寂寞的夜行人，
而且又是一个可怜的单恋者。

老之将至

我怕自己将慢慢地慢慢地老去，
随着那迟迟寂寂的时间，
而那每一个迟迟寂寂的时间，
是将重重地载着无量的怅惜的。

而在我坚而冷的圈椅中，在日暮，
我将看见，在我昏花的眼前
飘过那些模糊的暗淡的影子：
一片娇柔的微笑，一只纤纤的手，
几双燃着火焰的眼睛，
或是几点耀着珠光的眼泪。

是的，我将记不清楚了：
在我耳边低声软语着
“在最适当的地方放你的嘴唇”的，
是那樱花一般的樱子吗？

那是茹丽茗①吗，飘着懒倦的眼
望着她已卸了的锦缎的鞋子？……
这些，我将都记不清楚了，
因为我老了。

我说，我是担忧着怕老去，
怕这些记忆凋残了，
一片一片地，像花一样，
只留着垂枯的枝条，孤独地。

戴望舒之墓

① 法文译音，妇女名。

我的恋人

我将对你说我的恋人，
我的恋人是一个羞涩的人，
她是羞涩的，有着桃色的脸，
桃色的嘴唇，和一颗天青色的心。

她有黑色的大眼睛，
那不敢凝看我的黑色的大眼睛——
不是不敢，那是因为她是羞涩的；
而当我依在她胸头的时候，
你可以说她的眼睛是变换了颜色，
天青的颜色，她的心的颜色。

她有纤纤的手，
它会在我烦忧的时候安抚我，
她有清朗而爱娇的声音，
那是只向我说着温柔的，
温柔到销熔了我的心的话的。

她是一个静娴的少女，
她知道如何爱一个爱她的人，
但是我永远不能对你说她的名字，
因为她是一个羞涩的恋人。

村姑

村里的姑娘静静地走着，
提着她的蚀着青苔的水桶；
溅出来的冷水滴在她的跣足上，
而她的心是在泉边的柳树下。

这姑娘会静静地走到她的旧屋去，
那在一棵百年的冬青树荫下的旧屋，
而当她想到在泉边吻她的少年，
她会微笑着，抿起了她的嘴唇。

她将走到那古旧的木屋边，
她将在那里惊散了一群在啄食的瓦雀，
她将静静地走到厨房里，
又静静地把水桶放在干刍边。

她将帮助她的母亲造饭，
而从田间回来的父亲将坐在门槛上抽烟，
她将给猪圈里的猪喂食，
又将可爱的鸡赶进它们的窠里去。

在暮色中吃晚饭的时候，
她的父亲会谈着今年的收成，
他或许会说到她的女儿的婚嫁，
而她便将羞怯地低下头去。

她的母亲或许会说她的懒惰，
（她打水的迟延便是一个好例子，）
但是她会不听到这些话，
因为她在想着那有点鲁莽的少年。

游子谣

海上微风起来的时候，
暗水上开遍青色的蔷薇。
——游子的家园呢？

篱门是蜘蛛的家，
土墙是薜荔的家，
枝繁叶茂的果树是鸟雀的家。

游子却连乡愁也没有，
他沉浮在鲸鱼海蟒间：
让家园寂寞的花自开自落吧。

因为海上有青色的蔷薇，
游子要萦系他冷落的家园吗？
还有比蔷薇更清丽的旅伴呢。

清丽的小旅伴是更甜蜜的家园，
游子的乡愁在那里徘徊踯躅。
唔，永远沉浮在鲸鱼海蟒间吧。

夜行者

这里他来了：夜行者！
冷清清的街上有沉重的跫音，
从黑茫茫的雾，
到黑茫茫的雾。

夜的最熟稔的朋友，
他知道它的一切琐碎，
那么熟稔，在它的薰陶中
他染了它一切最古怪的脾气。

夜行者是最古怪的人。
你看他走在黑夜里：
戴着黑色的毡帽，
迈着夜一样静的步子。

古神祠前

古神祠前逝去的
暗暗的水上。
印着我多少的
思量的轻轻的脚迹，
比长脚的水蜘蛛，
更轻更快的脚迹。

从苍翠的槐树叶上，
它轻轻地跃到，
饱和了古愁的钟声的水上，
它掠过涟漪，踏过荇藻，
跨着小小的，小小的
轻快的步子走。
然后，踌躇着，
生出了翼翅……

它飞上去了，
这小小的蜉蝣，
不，是蝴蝶，它翩翩飞舞，
在芦苇间，在红蓼花上；

它高升上去了，
化作一只云雀，
把清音撒到地上……
现在它是鹏鸟了。
在浮动的白云间，
在苍茫的青天上，
它展开翼翅慢慢地，
作九万里的翱翔，
前生和来世的逍遥游。

它盘旋着，孤独地，
在迢遥的云山上，
在人间世的边际，
长久地，固执到可怜。

终于，绝望地，
它疾飞回到我心头，
在那儿忧愁地蛰伏。

见毋忘我花

为你开的
为我开的毋忘我花，
为了你的怀念，
为了我的怀念，
它在陌生的太阳下，
陌生的树林间。
谦卑地，悒郁地开着。

在僻静的一隅，
它为你向我说话，
它为我向你说话；
它重数我们用凝望
远方潮润的眼睛，
在沉默中所说的话，
而它的语言又是
像我们的眼一样沉默。
开着吧，永远开着吧，
挂虑我们的小小的青色的花。

小曲

啼倦的鸟藏喙在彩翎间，
音的小灵魂向何处翩跹？
老去的花一瓣瓣委尘土，
香的小灵魂在何处流连？

它们不能在地狱里，不能，
这那么好，那么好的灵魂！
那么是在天堂，在乐园里？
摇摇头，圣彼得可也否认。

没有人知道在哪里，没有，
诗人却微笑而三缄其口：
有什么东西在调和氤氲，
在他的心的永恒的宇宙。

一九三六年五月十四日

赠克木①

我不懂别人为什么给那些星辰
取一些它们不需要的名称，
它们闲游在太空，无牵无挂，
不了解我们，也不求闻达。

记着天狼，海王，大熊……这一大堆，
还有它们的成份，它们的方位，
你绞干了脑汁，胀破了头，
弄了一辈子，还是个未知的宇宙。

星来星去，宇宙运行，
春秋代序，人死人生，
太阳无量数，太空无限大，
我们只是倏忽渺小的夏虫井蛙。

不痴不聋，不作阿家翁，
为人之大道全在懵懂，
最好不求甚解，单是望望，
看天，看星，看月，看太阳。

---

① 克木，即金克木。1936 年金克木住在杭州西湖孤山，译《通俗天文学》，戴望舒曾从上海去看他，回沪后寄赠此诗。

也看山，看水，看云，看风，
看春夏秋冬之不同，
还看人世的痴愚，人世的倥偬：
静默地看着，乐在其中。

乐在其中，乐在空与时以外，
我和欢乐都超越过一切的境界，
自己成一个宇宙，有它的日月星，
来供你钻究，让你皓首穷经。

或是我将变一颗奇异的彗星，
在太空中欲止即止，欲行即行，
让人算不出轨迹，瞧不透道理，
然后把太阳敲成碎火，把地球撞成泥。

一九三六年五月十八日

眼

在你的眼睛的微光下，
迢遥的潮汐升涨：
玉的珠贝，
青铜的海藻……
千万尾飞鱼的翅，
剪碎分而复合的，
顽强的渊深的水。

无渚涯的水，
暗青色的水！
在什么经纬度上的海中，
我投身又沉溺在
以太阳之灵照射的诸太阳间，
以月亮之灵映光的诸月亮间；
以星辰之灵闪烁的诸星辰间？
于是我是彗星，
有我的手，
有我的眼，
并尤其有我的心。

我晞曝于你的眼睛的
苍茫朦胧的微光中，
并在你上面，
在你的太空的镜子中
鉴照我自己的
透明而畏寒的
火的影子，
死去或冰冻的火的影子。

我伸长，我转着，
我永恒地转着，
在你的永恒的周围
并在你之中……

我是从天上奔流到海，
从海奔流到天上的江河，
我是你每一条动脉，
每一条静脉，
每一个微血管中的血液，
我是你的睫毛
（它们也同样在你的
眼睛的镜子里顾影），
是的，你的睫毛，你的睫毛，
而我是你，
因而我是我。

一九三六年十月十九日

夜蛾

绕着蜡烛的圆光，
夜蛾做可怜的循环舞，
这些众香国的谪仙不想起
已死的虫，未死的叶。

说这是小睡中的亲人，
飞越关山，飞越云树，
来慰藉我们的不幸，
或者是怀念我们的死者，
被记忆所逼，离开了寂寂的夜台来。

我却明白它们就是我自己，
因为它们用彩色的大绒翅
遮覆住我的影子，
让它留在幽暗里。
这只是为了一念，不是梦，
就像那一天我化成凤。

一九三六年十二月二十六日

寂寞

园中野草渐离离，
托根于我旧时的脚印，
给他们披青春的彩衣：
星下的盘桓从兹消隐。

日子过去，寂寞永存，
寄魂于离离的野草，
像那些可怜的灵魂，
长得如我一般高。

我今不复到园中去，
寂寞已如我一般高：
我夜坐听风，昼眠听雨，
悟得月如何缺，天如何老。

一九三七年二月十二日

我思想

我思想，故我是蝴蝶……
万年后小花的轻呼
透过无梦无醒的云雾，
来震撼我斑斓的彩翼。

一九三七年三月十四日

白蝴蝶

给什么智慧给我，
小小的白蝴蝶，
翻开了空白之页，
合上了空白之页？

翻开的书页：
寂寞；
合上的书页：
寂寞。

一九四〇年五月三日

过旧居（初稿）

静掩的窗子隔住尘封的幸福，
寂寞的温暖饱和着辽远的炊烟——
陌生的声音还是解冻的呼唤？……
挹泪的过客在往昔生活了一瞬间。

一九四四年三月二日

戴望舒与妻女

过旧居

这样迟迟的日影，
这样温暖的寂静，
这片午炊的香味，
对我是多么熟稔。

这带露台，这扇窗，
后面有幸福的窥望，
还有几架书，两张床，
一瓶花……这已是天堂。

我没有忘记：这是家，
妻如玉，女儿如花，
清晨的呼唤和灯下的闲话，
想一想，会叫人发傻；

单听他们亲昵地叫，
就够人整天地骄傲，
出门时挺起胸，伸直腰，
工作时也抬头微笑。

现在……可不是我回家午餐？……
桌上一定摆上了盘和碗，
亲手调的羹，亲手煮的饭，
想起了就会嘴馋。

这条路我曾经走了多少回！
多少回？……过去都压缩成一堆，
叫人不能分辨，日子是那么相类，
同样幸福的日子，这些孪生姊妹！

我可糊涂啦，是不是今天
出门时我忘记说“再见”？
还是这事情发生在许多年前，
其中间隔着许多变迁？

可是这带露台，这扇窗，
那里却这样静，没有声响，
没有可爱的影子，娇小的叫嚷，
只是寂寞，寂寞，伴着阳光。

而我的脚步为什么又这样累？
是否我肩上压着苦难的年岁，
压着沉哀，透渗到骨髓，
使我眼睛朦胧，心头消失了光辉？

为什么辛酸的感觉这样新鲜？
好像伤没有收口，苦味在舌间。
是一个归途的游想把我欺骗，

还是灾难的日月真横亘其间？

我不明白，是否一切都没改动，
却是我自己做了白日梦，
而一切都在那里，原封不动：
欢笑没有冰凝，幸福没有尘封？

或是那些真实的岁月，年代，
走得太快一点，赶上了现在，
回过头来瞧瞧，匆忙又退回来，
再陪我走几步，给我瞬间的欢快？

有人开了窗，
有人开了门，
走到露台上——
一个陌生人。

生活，生活，漫漫无尽的苦路！
咽泪吞声，听自己疲倦的脚步：
遮断了魂梦的不仅是海和天，云和树，
无名的过客在往昔作了瞬间的踌躇。

一九四四年三月十日

示长女

记得那些幸福的日子！
女儿，记在你幼小的心灵：
你童年点缀着海鸟的彩翎，
贝壳的珠色，潮汐的清音，
山岚的苍翠，繁花的绣锦，
和爱你的父母的温存。

我们曾有一个安乐的家，
环绕着淙淙的泉水声，
冬天曝着太阳，夏天笼着清荫，
白天有朋友，晚上有恬静，
岁月在窗外流，不来打搅
屋里终年长驻的欢欣，
如果人家窥见我们在灯下谈笑，
就会觉得单为了这也值得过一生。

我们曾有一个临海的园子，
它给我们滋养的番茄和金笋，
你爸爸读倦了书去垦地，
你妈妈在太阳阴里缝纫，

你呢，你在草地上追彩蝶，
然后在温柔的怀里寻温柔的梦境。

人人说我们最快活，
也许因为我们生活过得蠢，
也许因为你妈妈温柔又美丽，
也许因为你爸爸诗句最清新。

可是，女儿，这幸福是短暂的，
一霎时都被云锁烟埋；
你记得我们的小园临大海，
从那里你们一去就不再回来，
从此我对着那迢遥的天涯，
松树下常常徘徊到暮霭。

那些绚烂的日子，像彩蝶，
现在枉费你摸索追寻，
我仿佛看见你从这间房
到那间，用小手挥逐阴影，
然后，缅想着天外的父亲，
把疲倦的头搁在小小的绣枕。

可是，记着那些幸福的日子，
女儿，记在你幼小的心灵：
你爸爸仍旧会来，像往日，
守护你的梦，守护你的醒。

一九四四年六月二十七日

在天晴了的时候

在天晴了的时候，
该到小径中去走走：
给雨润过的泥路，
一定是凉爽又温柔；
炫耀着新绿的小草，
已一下子洗静了尘垢；
不再胆怯的小白菊，
慢慢地抬起它们的头，
试试寒，试试暖，
然后一瓣瓣地绽透；
抖去水珠的凤蝶儿
在木叶间自在闲游，
把它的饰彩的智慧书页
曝着阳光一开一收。

到小径中去走走吧，
在天晴了的时候：
赤着脚，携着手，
踏过新泥，涉过溪流。

新阳推开了阴霾了，
溪水在温风中晕皱，
看山间移动的暗绿——
云的脚迹——它也在闲游。

一九四四年六月二日

赠内

空白的诗帖，
幸福的年岁；
因为我苦涩的诗节，
只为灾难树里程碑。

即使清丽的词华
也会消失它的光鲜，
恰如你鬓边憔悴的花
映着明媚的朱颜。

不如寂寂地过一世，
受着你光彩的薰沐，
一旦为后人说起时，
但叫人说往昔某人最幸福。

一九四四年六月九日

萧红墓畔口占

走六小时寂寞的长途，
到你头边放一束红山茶，
我等待着，长夜漫漫，
你却卧听着海涛闲话。

一九四四年十一月二十日

萧红墓

倾 听 戴 望 舒

·灾难的岁月·民族诗人·

狱中题壁

如果我死在这里，
朋友啊，不要悲伤，
我会永远地生存
在你们的心上。

我们之中的一个死了，
在日本占领地的牢里，
他怀着的深深仇恨，
你们应该永远地记忆。

当你们回来，从泥土
掘起他伤损的肢体，
用你们胜利的欢呼
把他的灵魂高高扬起。

然后把他的白骨放在山峰，
曝着太阳，沐着飘风：
在那暗黑潮湿的土牢，
这曾是他唯一的美梦。

一九四二年四月二十七日

我用残损的手掌

我用残损的手掌
摸索这广大的土地：
这一角已变成灰烬，
那一角只是血和泥；
这一片湖该是我的家乡，
（春天，堤上繁花如锦幛，
嫩柳枝折断有奇异的芬芳，）
我触到荇藻和水的微凉；
这长白山的雪峰冷到彻骨，
这黄河的水夹泥沙在指间滑出；
江南的水田，你当年新生的禾草
是那么细，那么软……现在只有蓬蒿；
岭南的荔枝花寂寞地憔悴，
尽那边，我蘸着南海没有渔船的苦水……
无形的手掌掠过无限的江山，
手指沾了血和灰，手掌黏了阴暗，
只有那辽远的一角依然完整，
温暖，明朗，坚固而蓬勃生春。

在那上面，我用残损的手掌轻抚，
像恋人的柔发，婴孩手中乳。
我把全部的力量运在手掌
贴在上面，寄与爱和一切希望，
因为只有那里是太阳，是春，
将驱逐阴暗，带来苏生，
因为只有那里我们不像牲口一样活，
蝼蚁一样死……那里，永恒的中国！

一九四二年七月三日

断指

在一口老旧的，满积着灰尘的书橱中，
我保存着一个浸在酒精瓶中的断指；
每当无聊地去翻寻古籍的时候，
它就含愁地向我诉说一个使我悲哀的记忆。

它是被截下来的，从我一个已牺牲了的朋友的手上，
它是惨白的，枯瘦的，和我的友人一样，
时常萦系着我的，而且是很分明的，
是他将这断指交给我的时候的情景：

“为我保存着这可笑又可怜的恋爱的纪念吧，望舒，
在零落的生涯中，它是只能增加我的不幸的了。”
他的话是舒缓的，沉着的，像一个叹息，
而他的眼中似乎是含着泪水，虽然微笑是在脸上。

关于他的“可怜又可笑的爱情”我是一些也不知道。
我知道的只是他是在一个工人家里被捕去的，
随后是酷刑吧，随后是惨苦的牢狱吧，
随后是死刑吧，那等待着我们大家的死刑吧。

关于他“可笑又可怜的爱情”我是一些也不知道。
他从未对我谈起过，即使在喝醉了酒时；
但是我猜想这一定是一段悲哀的故事，他隐藏着，
他想使它跟着截断的手指一同被遗忘了。

这断指上还染着油墨的痕迹，
是赤色的，是可爱的，光辉的赤色的，
它很灿烂地在这截断的手指上，
正如他责备别人的懦怯的目光在我们的心头一样。

这断指常带了轻微又黏着的悲哀给我，
但是它在我又是一件很有用的珍品，
每当为了一件琐事而颓丧的时候，我会说：
“好，让我拿出那个玻璃瓶来罢。”

祭日

今天是亡魂的祭日，
我想起了我的死去了六年的友人。
或许他已老一点了，怅惜他爱娇的妻，
他哭泣着的女儿，他剪断了的青春。

他一定是瘦了，过着飘泊的生涯，在幽冥中，
但他的忠诚的目光是永远保留着的，
而我还听到他往昔的熟稔有劲的声音，
“快乐吗，老戴?”（快乐，唔，我现在已没有了。）

他不会忘记了我：这我是很知道的，
因为他还来找我，每月一二次，在我梦里，
他老是饶舌的，虽则他已归于永恒的沉寂，
而他带着忧郁的微笑的长谈使我悲哀。

我已不知道他的妻和女儿到那里去了，
我不敢想起她们，我甚至不敢问他，在梦里，
当然她们不会过着幸福的生涯的，
像我一样，像我们大家一样。

快乐一点吧，因为今天是亡魂的祭日；
我已为你预备了在我算是丰盛了的晚餐，
你可以找到我园里的鲜果，
和那你所嗜好的陈威士忌酒。
我们的友谊是永远地柔和的，
而我将和你谈着幽冥中的快乐和悲哀。

前夜

一夜的纪念，呈呐鸥兄①

在比志步尔②启碇的前夜，
托密的衣袖变作了手帕，
她把眼泪和着唇脂拭在上面，
要为他壮行色，更加一点粉香。

明天会有太淡的烟和太淡的酒，
和磨不损的太坚固的时间，
而现在，她知道应该有怎样的忍耐：
托密已经醉了，而且疲倦得可怜。

这个的橙花香味的南方的少年，
他不知道明天只能看见天和海——
或许在“家，甜蜜的家”③ 里他会康健些，
但是他的温柔的亲戚却要更瘦，更瘦。

---

① 呐鸥，即刘呐鸥。
② 邮船名。
③ 这是指培恩词，比萧普曲的一首著名的英国歌曲《可爱的家》。歌曲后半部，反复出现“家，甜蜜的家”的咏叹。

古意答客问

孤心逐浮云之炫烨的卷舒，
惯看青空的眼喜侵阈的青芜。
你问我的欢乐何在？
——窗头明月枕边书。

侵晨看岚踯躅于山巅。
入夜听风琐语于花间。
你问我的灵魂安息于何处？
——看那袅绕地、袅绕地升上去的炊烟。

渴饮露，饥餐英；
鹿守我的梦，鸟祝我的醒。
你问我可有人间世的挂虑？
——听那消沉下去的百代之过客的跫音。

一九三四年十二月五日

灯

灯守着我，劬劳地，
凝看我眸子中
有穿着古旧的节日衣衫的
欢乐儿童，
忧伤稚子，
像木马栏似地
转着，转着，永恒地……

而火焰的春阳下的树木般的
小小的爆烈声，
摇着我，摇着我，
柔和地。

美丽的节日萎谢了，
木马栏独自转着转着……
灯徒然怀着母亲的劬劳，
孩子们的彩衣已褪了颜色。

已矣哉！
采撷黑色大眼睛的凝视
去织最绮丽的梦网！
手指所触的地方：
火凝作冰焰，
花幻为枯枝。
灯守着我。让它守着我！

曦阳普照，蜥蜴不复浴其光，
帝王长卧，鱼烛永恒地高烧
在他森森的陵寝。

这里，一滴一滴地，
寂静坠落，坠落，坠落。

一九三四年十二月二十一日

秋夜思

谁家动刀尺？
心也需要秋衣。

听鲛人的召唤，
听木叶的呼息！
风从每一条脉络进来，
窃听心的枯裂之音。

诗人云：心即是琴。
谁听过那古旧的阳春白雪？
为真知的死者的慰藉，
有人已将它悬在树梢，
为天籁之凭托——
但曾一度谛听的飘逝之音。

而断裂的吴丝蜀桐，
仅使人从弦柱间思忆华年。

一九三五年七月六日

元日祝福

新的年岁带给我们新的希望。
祝福！我们的土地。
血染的土地，焦裂的土地，
更坚强的生命将从而滋长。

新的年岁带给我们新的力量。
祝福！我们的人民，
坚苦的人民，英勇的人民，
苦难会带来自由解放。

一九三九年元旦日

心愿

几时可以开颜笑笑，
把肚子吃一个饱，
到树林子去散一会儿步，
然后回来安逸地睡一觉？
　　只有把敌人打倒。

几时可以再看见朋友们，
跟他们游山，玩水，谈心，
喝杯咖啡，抽一支烟，
念念诗，坐上大半天？
　　只有送敌人入殓。

几时可以一家团聚，
拍拍妻子，抱抱儿女，
烧个好菜，看本电影，
回来围炉谈笑到更深？
　　只有将敌人杀尽。

只有起来打击敌人，
自由和幸福才会临降，
否则这些全是白日梦
和没有现实的游想。

一九四三年一月二十八日

等待（一）

我等待了两年
你们还是这样遥远啊！
我等待了两年，
我的眼睛已经望倦啊！

说六个月可以回来啦，
我却等待了两年啊，
我已经这样衰败啦，
谁知道还能够活几天啊。

我守望着你们的脚步，
在熟稔的贫困和死亡间，
当你们再来，带着幸福，
会在泥土中看见我张大的眼。

一九四三年十二月三十一日

等待（二）

你们走了，留下我在这里等，
看血污的铺石上徘徊着鬼影，
饥饿的眼睛凝望着铁栅，
勇敢的胸膛迎着白刃，
耻辱黏住每一颗赤心，
在那里，炽烈地燃烧着悲愤。

把我遗忘在这里，让我见见
屈辱的极度，沉痛的界限，
做个证人，做你们的耳、你们的眼，
尤其做你们的心，受苦难，磨炼，
仿佛是大地的一块，让铁蹄蹂践，
仿佛是你们的一滴血，遗在你们后面。

没有眼泪没有语言的等待：
生和死那么紧地相贴相挨，
而在两者间，颀长的岁月在那里挤，
结伴儿走路，好像难兄难弟。

冢地只两步远近，我知道
安然占六尺黄土，盖六尺青草；
可是这儿也没有什么大不同，
在这阴湿，窒息的窄笼：
做白虱的巢穴，做泔脚缸，
让脚气慢慢延伸到小腹上，
做柔道的呆对手，剑术的靶子，
从口鼻一齐喝水，然后给踩肚子，
膝头压在尖钉上，砖头垫在脚踵上，
听鞭子在皮骨上舞，做飞机在梁上荡……

多少人从此就没有回来，
然而活着的却耐心地等待。

让我在这里等待，
耐心地等待你们回来：
做你们的耳目，我曾经生活，
做你们的心，我永远不屈服。

一九四四年一月十八日

口号

盟军的轰炸机来了，
看他们勇敢地飞翔，
向他们表示沉默的欢快，
但却永远不要惊慌。

看敌人四处钻，发抖：
盟军的轰炸机来了，
也许我们会碎骨粉身，
但总比死在敌人手上好。

我们需要冷静，坚忍，
离开兵营，工厂，船坞：
盟军的轰炸机来了，
叫敌人踏上死路。

苦难的岁月不会再迟延，
解放的好日子就快到，
你看带着这消息的
盟军的轰炸机来了。

一九四五年一月十六日香港大轰炸中

我们的小母亲

机械将完全地改变了，在未来的日子——
不是那可怖的汗和血的榨床，
不是驱向贫和死的恶魔的大车。
它将成为可爱的，温柔的，
而且仁慈的，我们的小母亲，
一个爱着自己的多数的孩子的，
用有力的，热爱的手臂，
紧抱着我们，抚爱着我们的
我们这一类人的小母亲。

是啊，我们将没有了恐慌，没有了憎恨，
我们将热烈地爱它，用我们多数的心。
我们不会觉得它是一个静默的铁的神秘，
在我们，它是有一颗充着慈爱的血的心的，
一个人间的孩子们的母亲。

于是，我们将劳动着，相爱着，
在我们的小母亲的怀里，
在我们的小母亲的怀里，
我们将互相了解，
更深切地互相了解……
而我们将骄傲地自庆着，
是啊，骄傲地，有一个
完全为我们的幸福操作着
慈爱地抚育着我们的小母亲，
我们的有力的铁的小母亲！

昨晚

我知道昨晚在我们出门的时候，
我们的房里一定有一次热闹的宴会，
那些常被我的宾客们当做没有灵魂的东西，
不用说，都是这宴会的佳客：
这事情我也能容易地觉出，
否则这房里决不会零乱，
不会这样氤氲着烟酒的气味。
它们现在是已经安分守己了，
但是扶着残醉的洋娃娃却眨着眼睛，
我知道她还会撒痴撒娇：
她的头发是那样地篷乱，而舞衣又那样地皱，
一定的，昨晚她已被亲过了嘴。
那年老的时钟显然已喝得太多了，
他还渴睡着，而把他的职司忘记；
拖鞋已换了方向，易了地位，
他不安静地躺在床前，而横出榻下。
粉盒和香水瓶自然是最漂亮的娇客，
因为她们是从巴黎来的，
而且准跳过那时行的“黑底舞”；

还有那个龙钟的瓷佛，他的年岁比我们还大，
他听过我祖母的声音，又受过我父亲的爱抚，
他是慈爱的长者，他必然居过首席。
（他有着一颗什么心会和那些后生小子和谐?）
比较安静的恐怕只有那桌上的烟灰盂，
他是昨天刚在大路上来的，他是生客。

还有许许多多的有伟大的灵魂的小东西，
它们现在都已敛迹，而且又装得那样规矩，
它们现在是那样安静，但或许昨晚最会胡闹。
对于这些事物的放肆我倒并不嗔怪，
我不会发脾气，因为像我们一样，
它们在有一些的时候也应得狂欢痛快。
但是我不懂得它们为什么会胆小害怕我们，
我们不是严厉的主人，我们愿意它们同来！
这些我们已有过了许多证明，
如果去问我的荷兰烟斗，它便会讲给你听。

无题[①]

我和世界之间是墙，
墙和我之间是灯，
灯和我之间是书，
书和我之间是——隔膜！

① 原诗无题，作于1947年春，是作者在一次聚会上的即兴之作。题目为编者所加。

致萤火

萤火，萤火，
你来照我。

照我，照这沾露的草，
照这泥土，照到你老。

我躺在这里，让一颗芽
穿过我的躯体，我的心，
长成树，开花；

让一片青色的藓苔，
那么轻，那么轻
把我全身遮盖，

像一双小手纤纤，
当往日我在昼眠，
把一条薄被
在我身上轻披。

我躺在这里
咀嚼着太阳的香味；
在什么别的天地，
云雀在青空中高飞。

萤火，萤火，
给一缕细细的光线——
够担得起记忆，
够把沉哀来吞咽！

一九四一年六月二十六日

偶成

如果生命的春天重到，
古旧的凝冰都哗哗地解冻，
那时我会再看见灿烂的微笑，
再听见明朗的呼唤——这些迢遥的梦。

这些好东西都决不会消失，
因为一切好东西都永远存在，
它们只是像冰一样凝结，
而有一天会像花一样重开。

一九四五年五月三十一日

流水

在寂寞的黄昏里，
我听见流水嘹亮的言语：

“穿过暗黑的，暗黑的林，
流到那边去！
到升出赤色的太阳的海去！

“你，被践踏的草和被弃的花，
一同去，跟着我们的流一同去。

“冲过横在路头的顽强的石，
溅起来，溅起浪花来，
从它上面冲过去！

“泻过草地，泻过绿色的草地，
没有踌躇或是休止，
把握住你的意志。

“我们是各处的水流的集体，
从山间，从乡村，
从城市的沟渠……
我们是力的力。

“决了堤防，破了闸！
阻拦我们吗？
你会看见你的毁灭。……”

在一个寂寂的黄昏里，
我看见一切的流水，
在同一个方向中，
奔流到太阳的家乡去。

倾听戴望舒

·游记小说·

山居杂缀

山　风

窗外，隔着夜的帡幪，迷茫的山岚大概已把整个峰峦笼罩住了吧。冷冷的风从山上吹下来，带着潮湿，带着太阳的气味，或是带着几点从山涧中飞溅出来的水，来叩我的玻璃窗了。

敬礼啊，山风！我敞开窗门欢迎你，我敞开衣襟欢迎你。

抚过云的边缘，抚过崖边的小花，抚过有野兽躺过的岩石，抚过缄默的泥土，抚过歌唱的泉流，你现在来轻轻地抚我了。说啊，山风，你是否从我胸头感到了云的飘忽，花的寂寥，岩石的坚实，泥土的沉郁，泉流的活泼？你会不会说：这是一个奇异的生物！

雨

雨停止了，檐溜还是叮叮地响着，给梦拍着柔和的拍子，好像在江南的一只乌篷船中一样。“春水碧如天，画船听雨眠”，韦庄的词句又浮到脑中来了。奇迹也许突然发生了吧，也许我已被魔法移到苕溪或是西湖的小船中了吧……

然而突然，香港的倾盆大雨又降下来了。

树

路上的列树已斩伐尽了，疏疏朗朗地残留着可怜的树根。路显得宽阔了一点，短了一点，天和人的距离似乎更接近了。太阳直射到头顶上，雨直淋到身上……是的，我们需要阳光，但是我们也需要阴荫啊！早晨鸟雀的啁啾声没有了，傍晚舒徐的散步没有了。空虚的路，寂寞的路！

离门前不远的地方，本来有一棵合欢树，去年秋天，我也还采过那长长的荚果给我的女儿玩的。它曾经娉婷地站立在那里，高高地张开它的青翠的华盖一般的叶子，寄托了我们的梦想，又给我们以清阴。而现在，我们却只能在虚空之中，在浮着云片的碧空的背景上，徒然地描画它的青翠之姿了。像现在这样的夏天的早晨，它的鲜绿的叶子和火红照眼的花，会给我们怎样的一种清新之感啊！它的浓荫之中藏着雏鸟小小的啼声，会给我们怎样的一种喜悦啊！想想吧，它的消失对于我们是怎样地可悲啊！

抱着幼小的孩子，我又走到那棵合欢树的树根边来了。锯痕已由淡黄变成黝黑了，然而年轮却还是清清楚楚的，并没有给苔藓或是芝菌侵蚀去。我无聊地数着这一圈圈的年轮，四十二圈！正是我的年龄。它和我度过了同样的岁月，这可怜的合欢树！

树啊，谁更不幸一点，是你呢，还是我！

失去的园子

跋涉的挂虑使我失去了眼界的辽阔和余暇的寄托。我的意思是说，自从我怕走漫漫的长途而移居到这中区的最高一条街以来，我便不再能天天望见大海，不再拥有一个小圃了。屋子后面是高楼，前面是更高的山；门临街路，一点隙地也没有。从此，我便对山面壁而居，而最使我怅惘的，特别是旧居中的那一片小小的园子，那一片由我亲手拓荒，耕耘，施肥，播种，灌溉，收获过的贫瘠的土地。那园子临着海，四周是苍翠的松树，

每当耕倦了，抛下锄头，坐在松树下面去，迎着从远处渔帆上吹来的风，望着辽阔的海，就已经使人心醉了。何况它又按着季节，给我们以意外丰富的收获呢？

可是搬到这里来以后，一切都改变了。载在火车上和书籍一同搬来的耕具：锄头，铁耙，铲子，尖锄，除草耙，移植铲，灌溉壶等等，都冷落地被抛弃在天台上，而且生了锈。这些可怜的东西！它们应该像我一样地寂寞吧。

好像是本能地，我不时想着：“现在是种番茄的时候了”，或是“现在玉蜀黍可以收获了”，或是“要是我能从家乡弄到一点蚕豆种就好了！”我把这种思想告诉了妻，于是她就提议说：“我们要不要像邻居那样，叫人挑泥到天台上去，在那里辟一个园地？”可是我立刻反对，因为天台是那么小，而且阳光也那么少，给四面的高楼遮住了。于是这计划打消了，而旧园的梦想却仍旧继续着。

大概看到我常常为这样思想困恼着吧，妻在偷偷地活动着。于是，有一天，她高高兴兴地来对我说了：“你可以有一个真正的园子了。你不看见我们对邻有一片空地吗？他们人少，种不了许多地，我已和他们商量好，划一部分地给我们种，水也很方便。现在，你说什么时候开始吧。”

她一定以为会给我一个意外的喜悦的，可是我却含糊地应着，心里想：“那不是我的园地，我要我自己的园地。”可是，为了不使妻太难堪，我期期地回答她：“你不是劝我不要太疲劳吗？你的话是对的，我需要休息。我们把这种地的计划打消了吧。”

我的旅伴

——西班牙旅行记之一

从法国入西班牙境，海道除外，通常总取两条道路：一条是经东北的蒲港（Port－Bou），一条是经西北的伊隆（lrún）。从里昂出发，比较是经由蒲港的那条路近一点，可是，因为可以经过法国第四大城鲍尔陀（Bordeaux），可以穿过“平静而美丽”的伐斯各尼亚（Vasconia），可以到蒲尔哥斯（Burgos）去瞻览世界闻名的大伽蓝，可以到伐略道里兹（Valladolid）去寻访赛尔房德思（Cervantes）的故居，可以在“绅士的”阿维拉（Avila）小作勾留，我便舍近而求远，取了从伊隆入西班牙境的那条路程。

1934年8月22日下午5时，带着简单的行囊，我到了里昂的贝拉式车站。择定了车厢，安放好了行李，坐定了位子之后，开车的时候便很近了。送行的只有友人罗大冈一人，颇有点冷清清的气象，可是久居异乡，随遇而安，离开这一个国土而到那一个国土，也就像迁一家旅舍一样，并不使我起什么怅惘之思，而况在我前面还有一个在我梦想中已变成那样神秘的西班牙在等待着我。因此，旅客们的喧骚声，开车的哨子声，汽笛声，车轮徐徐的转动声，大冈的清爽的Born voyage声，在我听来便好像是一阕快乐的前奏曲了。

火车已开出站了，扬起的帽子，挥劲的素巾，都已消隐在远处了。我还是凭着车窗望着，惊讶着自己又在这永远伴着我的旅途上了。车窗外的风景转着圈子，展开去，像是一轴无尽的山水手卷：苍茫的云树，青翠的牧场，起伏的山峦，绵亘的耕地，这些都在我眼前飘忽过去，但并没有引起我的注意。我的心神是在更远的地方。这样地，一个小站，两个小站过

去了，而我却还在窗前伫立着，出着神，一直到一个奇怪的声音把我从梦想中拉出来。

一个奇怪的声音在我的车厢中响着，好像是婴孩的啼声，又好像是妇女的哭声。它从我的脚边发出来；接着，又有什么东西踏在我脚上。我惊奇地回头过去：四张微笑着的脸儿。我向我的脚边望去：一只黄色的小狗。于是我离开了窗口，茫然地在座位上坐了下去。

“这使你惊奇吗，先生？”坐在我旁边的一位中年人说，接着便像一个很熟的朋友似的溜溜地对我说起来：“我们在河沿上鸟铺前经过，于是这个小东西就使我女人看了中意了。女人的怪癖！你说它可爱吗，这头小狗？我呢，我还是喜欢猫。哦，猫！它只有两个礼拜呢，这小东西。我们还为它买了牛奶。”他向坐在他旁边的妻子看了一眼。“你说，先生，这可不是自讨麻烦吗？——嘟嘟，别那么乱嚷乱跑！——它可弄脏了你的鞋子吗，先生？”

“没有，先生，”我说，“倒是很好玩的呢，这只小狗。”

“可不是吗？我说人人见了它会喜欢的，”我隔座的女人说。“而且人

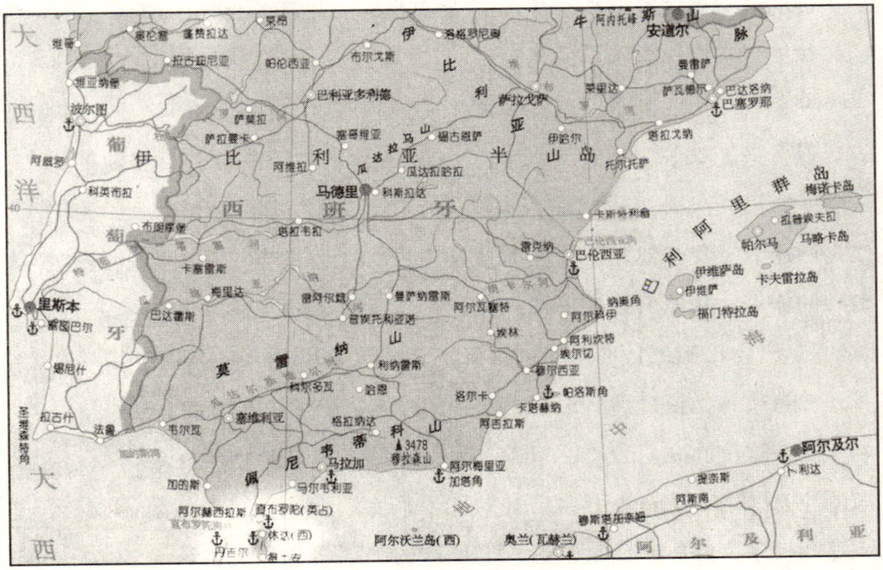

西班牙地图

们会觉得不寂寞一点。”

是的，不寂寞。这头小小的生物用它的尖锐的唤声充满了这在辘辘的车轮声中摇荡里的小小的车厢，像利刃一般地刺到我耳中。

这时，这一对夫妇忙着照顾他们新买来的小狗，给它预备牛奶，我们刚才开始的对话，便因而中止了。趁着这个机会，我便去观察一下我的旅伴们。

坐在我旁边的中年人大约有三十五六岁，养着一撮小胡子，胖胖的脸儿发着红光，好像刚喝过了酒，额上有几条皱纹，眼睛却炯炯有光，像一个少年人。灰色条纹的裤子。上衣因为车厢中闷热已脱去了，露出了白色短袖的 Lacoste 式丝衬衫。从他的音调中，可以听出他是马赛人或都隆一带的人。他的言语服饰举止，都显露出他是一个小 rentier，一个十足的法国小资产阶级者。坐在他右手的他的妻子，看上去有三十岁光景。染成金黄色的棕色的头发，栗色的大眼睛，上了黑膏的睫毛，敷着发黄色的胭脂的颊儿，染成红色的指甲，葵黄色的衫子，鳄鱼皮的鞋子。在年轻的时候，她一定曾经美丽过，所以就是现在已经发胖起来，衰老下去，她还没有忘记了她的爱装饰的老习惯。依然还保持着她的往日的是她的腿胫。在栗色的丝袜下，它们描着圆润的轮廓。

坐在我对面的胖子有四十多岁，脸儿很红润，胡须剃得光光，满面笑容。他在把上衣脱去了，使劲地用一份报纸当扇子挥摇着。在他的脚边，放着一瓶酒，只剩了大半瓶，大约在上车后已喝过了。他头上的搁篮上，又是两瓶酒。我想他之所以能够这样白白胖胖欣然自得，大概就是这种葡萄酒的作用。从他的神气看来，我猜想是开铺子的（后来知道他是做酒生意的）。薄薄的嘴唇证明他是一个好说话的人，可是自从我离开窗口以后，我还没有听到他说过话。大约还没有到时候。恐怕一开口就不会停。

坐在这位胖先生旁边，缩在一隅，好像想避开别人的注意而反引起别人的注意似的，是一个不算难看的二十来岁的女人。穿着黑色的衣衫，老在那儿发呆，好像流过眼泪的有点红肿的眼睛，老是望着一个地方。她也没有带什么行李，大约只作一个短程的旅行，不久就要下车的。

在我把我的同车厢中的人观察了一遍之后，那位有点发胖的太太已经把她的小狗喂过了牛乳，抱在膝上了。

“你瞧它多乖！”她向那现在已不呜呜地叫唤的小狗望了一眼，好像对自己又好像对别人地说。.

“呃，这是‘新地’种，”坐在我对面的胖先生开始发言了。“你别瞧它现在那么安静，以后它脾气就会坏的，变得很凶。你们将来瞧着吧，在十六七个月之后。呃，你们住在乡下吗？我的意思是说，你们住在巡警之力所不及的僻静的地方吗？”

“为什么？”两夫妇同声说。

“为什么？为什么？为了这是‘新地’种，是看家的好狗。难道你们不知道吗？它会很快地长大起来，长得高高地，它的耳朵，也渐渐地会拖得更长，垂下去。它会变得很凶猛。在夜里，你们把它放在门口，你们便可以敞开了大门高枕无忧地睡觉。”

“啊！”那妇人喊了一声，把那只小狗一下放在她丈夫的膝上。

“为什么，太太？”那胖子说。“能够高枕无忧，这还不好吗？而且‘新地’种是很不错的。”

“我不要这个。我们住在城里很热闹的街上，我们用不到一只守夜狗。我所要的是一只好玩的小狗，一只可以在出去散步时随手牵着的小狗，一只会使人感到不大寂寞一点的小狗。”那女人回答，接着就去埋怨她的丈夫了：“你为什么会这样糊涂！我不是已对你说过好多次了吗，我要买一只小狗玩玩？”

“我知道什么呢？”那丈夫像一个牺牲者似的回答。“这都是你自己不好，也不问一问伙计，而且那时离开车的时间又很近了。是你自己指定了买的，我只不过付钱罢了。”接着对那胖先生说，“我根本就不喜欢狗。对于狗这一门，我是完全外行。我还是喜欢猫。关于猫，我还懂得一点，暹罗种，昂高拉种；狗呢，我一点也不在行。有什么办法呢！”他耸了一耸肩，不说下去了。

“啊，太太，我懂了。你所要的是那种小种狗。”那胖先生说，接着他更卖弄出他的关于狗种的渊博的知识来："可是小种狗也有许多种，Dandie – dinmont，King Charles，Skye – terrier，Pékinois，loulou，Biehon de malt，Japonais，Boufledogue，teerieranglais à poils durs，以及其他等等，说也说不清楚。你所要的是哪一种样子的呢？像用刀切出来的方方正正的那种小狗呢，还是长长的毛一直披到地上，又遮住了脸儿的那一种？"

"不是，是那种头很大，脸上起皱，身体很胖的有点儿像小猪的那种。以前我们街上有一家人家就养了这样一只，一副蠢劲儿，怪好玩的。"

"啊啊！那叫 Bouledogue，有小种的，也有大种的。我个人不大喜欢它，正就因为它那副蠢劲儿。我个人倒喜欢 King Charles 或是 Japonais。"说到这里，他转过脸来对我说："呃，先生，你是日本人吗？"

"不，"我说，"中国人。"

"啊！"他接下去说，"其实 Pékinois 也不错，我的妹夫就养着一条。这种狗是出产在你们国里的，是吗？"

我含糊地答应了他一声，怕他再和我说下去，便拿出了小提箱中的高谛艾（Th. Gautier）的《西班牙旅行记》来翻看。可是那位胖先生倒并没有说下去，却拿起了放在脚边的酒瓶倾瓶来喝。同时，在那一对夫妻之间，便你一句我一句的争论起来了。

快九点钟了。我到餐车中去吃饭。在吃得醺醺然地回来的时候，车厢中只剩了胖先生一个人在那儿吃夹肉面包喝葡萄酒。买狗的夫妇和黑衣的少妇都已下车去了。我问胖先生是到哪里去的。他回答我是鲍尔陀。我们于是商量定，关上了车厢的门，放下窗幔，熄了灯，各占一张长椅而卧，免得上车来的人占据了我们的座位，使我们不得安睡。商量既定，我们便都挺直了身子躺在长椅上。不到十几分钟，我便听到胖先生的呼呼的鼾声了。

古老的里昂车站

鲍尔陀一日

——西班牙旅行记之二

清晨五点钟。受着对座客人的“早安”的敬礼，我在辘辘的车声中醒来了。这位胖先生是先我而醒的，一只手拿着酒瓶，另一只手拿着一块饼干，大约已把我当做一个奇怪的动物似的注视我好久了。

“鲍尔陀快到了吧?”我问。

“一小时之后就到了。您昨夜睡得好吗?”

“多谢，在火车中睡觉是再舒适也没有了。它摇着你，摇着你，使人们好像在摇篮中似的。”说着我便向车窗口望出去。

风景也改变了。现在已不是起伏的山峦，广阔的牧场，苍翠的树林了，在我眼前展开着的是一望无际的葡萄已经成熟了，我仿佛看见了暗绿色的葡萄叶，攀在支柱上的藤蔓，和发着宝石的光彩的葡萄。

“你瞧见这些葡萄田吗?”那胖先生说，接着，也不管我听与不听，他又像昨天谈狗经似的对我谈起酒经来了。“你要晓得，我们鲍尔陀是法国著名产葡萄酒的地方，说起‘鲍尔陀酒’，世界上是没有一处人不知道的。这是我们法国的命脉，——也是我的命脉。这也有两个意义：第一，正如你所见到一样，我是一天也不能离开葡萄酒的，”他喝了一口酒，放下了瓶子接下去说，“第二呢，我是做酒生意的，我在鲍尔陀开着一个小小的酒庄。葡萄酒双倍地维持着我的生活，所以也难怪我对于酒发着颂词了。喝啤酒的人会有一个混浊而阴险的头脑，像德国人一样；喝烧酒（Liqueur）的人会变成一种中酒精毒的疯狂的人；而喝了葡萄酒的人却永远是爽直的、喜乐的、满足的，最大的毛病是多说话而已，但多说话并不是一件缺德的事。……”

“鲍尔陀葡萄酒的种类很多吧?”我趁空羼进去问了一句。

“这真是说也说不清呢。一般说来,是红酒白酒,在稍为在行一点的人却以葡萄的产地来分,如‘美道克’(Médoc),‘海岸’(Côbes),‘沙滩’(Graves),‘沙田’(Palus),‘梭代尔纳’(Sauternes)等等。这是大致的分法,但每一种也因酒的品质和制造者的不同而分了许多种类,‘美道克’葡萄酒有‘拉斐特堡’(Chateau – Latite),‘拉都堡’(Chateau – Latour),‘莱奥维尔’(Léoville)等类;‘海岸’有‘圣爱米略奈’(St. Emilionais),‘李布尔奈’(Libournais),‘弗龙沙代’(Fronsadais)等类;‘沙田’葡萄酒和‘沙滩’酒品质比较差一点,但也不乏名酒;享受到世界名誉的是‘梭代尔纳’的白酒,那里的产酒区如鲍麦(Bommes),巴尔沙克(Barsac),泊莱涅克(Preignac),法尔格(Fargues)等,都出好酒,特别以‘伊甘堡’(Chateau – Yquem)为最著名。因为他们对于葡萄酒的品质十分注意,就是采葡萄制酒的时候,至少也分三次采,每次都只采成熟了的葡萄……而且每一个制造者都有着他们世袭的秘法,就是我们也无从知晓。总之,”在说了这一番关于鲍尔陀酒的类别之后,他下着这样的结论:“如果你到了鲍尔陀之后,我第一要奉劝的便是请你去尝一尝鲍尔陀的好酒,这才可以说不枉到过鲍尔陀。……”

“对不起,”一半也是害怕他再滔滔不绝地说下去,我站起身来说,“我得去洗一个脸呢,我们回头谈吧。”

回到车厢中的时候,火车离鲍尔陀已只有十几分钟的路程了。胖先生在车厢外的走廊上笑眯眯望着车窗外的葡萄田,好像在那些累累的葡萄上看到了他自己的满溢的生命一样。我也不去打搅他,整理好行囊,便依着车窗闲望了。

这时在我的心头起伏着的是一种莫明其妙的不安。这种不安是读了高谛易的《西班牙旅行记》而引起的,对到鲍尔陀站时,高谛易这样写着他的印象:

> 下车来的时候，你就受到一大群的伕役的攻击，他们分配着你的行李，合起二十个人来扛一双靴子：这还一点也不算稀奇；最奇怪的是那些由客栈老板埋伏着截拦旅客的牢什子。这一批混蛋逼着嗓子闹得天翻地覆地倾泻出一大串颂词和咒骂来：一个人抓住你的胳膊，另一个人攀住你的腿，这个人拉住你的衣服的后襟，那个人拉住你的大氅的钮子：“先生，到囊特旅馆里去吧，那里好极啦！”——“先生不要到那里去，那是一个臭虫的旅馆，臭虫旅馆这才是它的真正的店号，”那对敌的客店的代表急忙这样说。——“罗昂旅馆！”“法兰西旅馆！”那一大群人跟在你后面嚷着。——“先生，他们是永远也不洗他们的沙锅的；他们用臭猪油烧菜；他们的房间里漏得像下雨；你会被他们剥削、抢盗、谋杀。”每一个人都设法使你讨厌那些他们对敌的客栈，而这一大批跟班只在你断然踏进了一家旅馆的时候才离开你。那时他们自己之间便口角起来，相互拔出皮鄉头来，你骂我强盗，我骂你贼，以及其他类似的咒骂，接着他们又急急忙忙地追另一个猎物。

到了鲍尔陀的圣约翰站，匆匆地和胖先生告了别之后，我便是在这样的心境中下了火车。我下了火车：没有脚伕来抢拿我的小皮箱；我走出了车站：没有旅馆接客来拽我的衣裾。这才使我安心下来，心里想着现在的鲍尔陀的确比 1840 年的鲍尔陀文明得多了。

我不想立刻找一个旅馆，所以我便提着轻便的小提囊安步当车顺着大路踱过去。这正是上市的时候，买菜的人挟着大篮子在我面前经过，熙熙攘攘，使我连游目骋怀之心也被打散了。一直走过了闹市之后，我的心才渐渐地宽舒起来。高谛易说：“在鲍尔陀，西班牙的影响便开始显著起来了。差不多全部的市招都是用两种文字写的；在书店里，西班牙文的书至少和法文书一样多。许多人都说着吉诃德爷和古士芝·达尔法拉契的方言……”我开始注意市招：全都是法文的，我望了一望一家书店的橱窗：一本西班牙文的书也没有，我倾听着过路人的谈话：都是道地的法语，只是有点重浊的本地口音而已。这次，我又太相信高谛易了。

这样地，我不知不觉走到了鲍尔陀最热闹的克格芝梭大街上。咖啡店也开门了，把藤椅一张张地搬到檐前去。我走进一家咖啡店去，遵照同车胖先生的话叫了一杯白葡萄酒，又叫了一杯咖啡，一客夹肉面包。

也许是车中没有睡好，也许是闲走累了，也许是葡萄酒发生了作用，一片懒惰的波浪软软地飘荡着我，使我感到有睡意了。我想：晚间十二点要动身，而我在鲍尔陀又只打算走马看花地玩一下，那么我何不找一个旅馆去睡几小时，就是玩起来的时候也可以精神抖擞一点。

罗兰路。勃拉丹旅馆。在吩咐侍者在正午以前唤醒我之后，我便很快地睡着了。

侍者在十一点半唤醒了我，在洗盥既毕出门去的时候，天已在微微地下雨了。我冒着微雨到圣昂德莱大伽蓝巡礼去，这是英国人所建筑的，还是中世纪的遗物，藏着乔尔丹（Jordaëns）和维洛奈思（Véonèse）等名画家的画。从这里出来后，我到喜剧院广场的鲍尔陀咖啡饭店去丰盛地进了午餐。在把肚子里装满了鲍尔陀的名酒和佳肴之后，正打算继续去览胜的时候，雨却倾盆似的泻下来。一片南方的雨，急聚而短促。我不得不喝着咖啡等了半小时。

出了饭馆之后，在一整个下午之中我总计走马看花地玩了这许多地方：圣母祠、甘龚斯广场、圣米式尔寺、公园、博物馆。关于这些，我并不想多说什么，《蓝皮指南》以及《倍德凯尔》等导游书的作者，已经有更详细的记载了。

使我引为憾事的是没有到圣米式尔寺的地窖里去看一看。那里保藏着一些成为木乃伊的尸体，据高谛易说："那就是诗人们和画家们的想象，也从来没有产生过比这更可怕的恶梦过。"但博物馆中几幅吕班思（Bubens）、房第克（Van Dyck）、鲍谛契里（Botticelli）的画，黄昏中在清静的公园中的散步，也就补偿了这遗憾了。

依旧丰盛地进了晚餐之后，我在大街上信步闲走了两点多钟，然后坐到咖啡馆中去，听听音乐，读读报纸，看看人。这时，我第一次证明了高谛易没有对我说谎。他说："使这个城有生气的，是那些娼妓和下流社会的妇人，她们都的确是很漂亮：差不多都生着笔直的鼻子，没有颧骨的颊儿，大大的黑眼睛，爱娇而苍白的鹅蛋形脸儿。"

这样挨到了十一点光景，我回到旅馆里去算了账，便到圣约翰站去乘那在十二点半出发到西班牙边境去的夜车。

在一个边境的站上

——西班牙旅行记之三

夜间十二点半从鲍尔陀开出的急行列车，在清晨六点钟到了法兰西和西班牙的边境伊隆。在朦胧的意识中，我感到急骤的速率宽弛下来，终于静止了。有人在用法西两国语言报告着：“伊隆，大家下车！”

睁开睡眼向车窗外一看，呈在我眼前的只是一个像法国一切小车站一样的小车站而已。冷清清的月台，两三个似乎还未睡醒的搬运夫，几个态度很舒闲地下车去的旅客。我真不相信我已到了西班牙的边境了，但是一个声音却在更响亮地叫过来：

——“伊隆，大家下车！”

匆匆下了车，我第一个感到的就是有点寒冷。是侵晓的冷气呢，是新秋的薄寒呢，还是从比雷奈山间夹着雾吹过来的山风？我翻起了大氅的领，提着行囊就往出口走。

走出这小门就是一间大敞间，里面设着一圈行李检查台和几道低木栅，此外就没有什么别的东西。这是法兰西和西班牙的交界点，走过了这个敞间，那便是西班牙了。我把行李照别的旅客一样地放在行李检查台上，便有一个检查员来翻看了一阵，问我有什么报税的东西，接着在我的提箱上用粉笔划了一个字，便打发我走了。再走上去是护照查验处。那是一个像车站卖票处一样的小窗洞。电灯下面坐着一个留着胡子的中年人。单看他的炯炯有光的眼睛和他手头的那本厚厚的大册子，你就会感到不安了。我把护照递给了他。他翻开来看了看里昂西班牙领事的签字，把护照上的照片看了一下，向我好奇地看了一眼，问我一声到西班牙的目的，把我的姓

名录到那本大册子中去，在护照上捺了印；接着，和我最初的印象相反地，他露出微笑来，把护照交还了我，依然微笑着对我说："西班牙是一个可爱的地方，到了那里你会不想回去呢。"

真的，西班牙是一个可爱的地方，连这个护照查验员也有他的固有的可爱的风味。

这样地，经过了一重木栅，我踏上了西班牙的土地。

过了这一重木栅，便好像一切都改变了：招纸，揭示牌都有西班牙文写着，那是不用说的，就是刚才在行李检查处和搬运夫用沉浊的法国南部语音开着玩笑的工人型的男子，这时也用清朗的加斯谛略语和一个老妇人交谈起来。天气是显然地起了变化，暗沉沉的天空已澄碧起来，而在云里透出来的太阳，也驱散了刚才的薄寒，而带来了温煦。然而最明显的改变却是在时间上。在下火车的时候，我曾经向站上的时钟望过一眼：六点零一分。检查行李、验护照等事，大概要花去我半小时，那么现在至少是要六点半了吧。并不如此。在西班牙的伊隆站的时钟上，时针明明地标记着五点半，事实是西班牙的时间和法兰西的时间因为经纬度的不同而相差一小时，而当时在我的印象中，却觉得西班牙是永远比法兰西年轻一点。

因为是五点半，所以除了搬运夫和洒扫工役已开始活动外，车站上还是冷清清的。卖票处，行李房，兑换处，书报摊，烟店等都没有开，旅客也疏朗朗地没有几个。这时，除了枯坐在月台的长椅上或在站上往来蹀躞以外，你是没有办法消磨时间的。到蒲尔哥斯的快车要在八点二十分才开。到伊隆镇上去走一圈呢，带着行李究竟不大方便，而且说不定要走多少路，再说，这样大清早就是跑到镇上也是没有什么多大意思的。因此，把行囊散在长椅上，我便在这个边境的车站上踱起来了。

如果你以为这个国境的城市是一个险要的地方，扼守着重兵、活动着国际间谍，压着国家的、军事的大秘密，那么你就错误了。这只是一个消失在比雷奈山边的西班牙的小镇而已。提着筐子，筐子里盛着鸡鸭，或是肩着箱笼，三三两两地来乘第一班火车的，是头上裹着包头布的山村的老妇人，面色黝黑的农民，白了头发的老匠人，像是学徒的孩子。整个西班牙小镇的灵魂都可以在这些小小的人物身上找到。而这个小小的车站，它也何尝不是十足西班牙的呢？灰色的砖石，黯黑的木柱子，已经有点腐蚀了的洋铅遮檐，贴在墙上在风中飘着的斑驳的招纸，停在车站尽头处的破旧的货车：这一切都向你说着西班牙的式微、安命、坚忍。西德（Cid）的西班牙，侗黄（Don Juan）的西班牙，吉诃德（Quixote）的西班牙，大仲马或美里梅心目中的西班牙，现在都已过去了，或者竟可以说本来就没有存在过。

的确，西班牙的存在是多方面的。第一是一切旅行指南和游记中的西班牙，那就是说历史上的和艺术上的西班牙。这个西班牙浓厚地渲染着釉彩，充满了典型人物。在音乐上，绘图上，舞蹈上，文学上，西班牙都在这个面目之下出现于全世界，而做着它的正式代表。一般人对于西班牙的观念，也是由这个代表者而引起的。当人们提起了西班牙的时候，你立刻会想到蒲尔哥斯的大伽蓝，格腊拿达的大食故宫，斗牛，当歌舞（Tango），侗黄式的浪子，吉诃德式的梦想者！塞赖丝谛拿（La Celestina）式的老虔婆，珈尔曼式的吉泊西女子，扇子、披肩巾、罩在高冠上的遮面纱等等，而勉强西班牙人做了你的想象的受难者；而当你到了西班牙而见不到那些开着悠久的岁月的绣花的陈迹，传说中的人物，以及你心目中的西班牙固有产物的时候，你会感到失望而作“去年白雪今安在”之喟叹。然而你要知道这是最表面的西班牙，它的实际的存在是已经在一片迷茫的烟雾之中，而行将只在书史和艺术作品中赓续它的生命了。西班牙的第二个存在是更卑微一点，更穆静一点。那便是风景的西班牙。的确，在整个欧罗巴洲之中，西班牙是风景最胜最多变化的国家。恬静而笼着雾和阴影的伐斯各尼亚，典雅而充溢着光辉的加斯谛拉，雄警而壮阔的昂达鲁西亚，煦和而明朗的伐朗西亚，会使人“感到心被窃获了”的清澄的喀达鲁涅。在西班牙，我们几乎可以看到欧洲每一个国家的典型。或则草木葱茏，山川明媚；或则大山屴崱，峭壁幽深；或则古堡荒寒，团焦幽独；或则千圜澄碧，百里花香，……这都是能使你目不暇给，而至于留连忘返的。这是更有实际的生命，具有易解性（除非是村夫俗子）而容易取好于人的西班牙，因为它

开拓了你对于自然之美的爱好之心，而使你衷心地生出一种舒徐的、悠长的、寥寂的默想来，然而最真实的，最深沉的，因而最难以受人了解的却是西班牙的第三个存在。这个存在是西班牙的底奥，它蕴藏着整个西班牙，用一种静默的语言向你说着整个西班牙，代表着它的每日生活，静默至于好像绝灭，可是如果你能够留意观察，用你的小心去理解，那么你可以把握住这个卑微而静默的存在，特别是在那些小城中。这是一个式微的、悲剧的、现实的存在，没有光荣、没有梦想。现在，你在清晨或是午后走进任何一个小城去吧。你在狭窄的小路上，在深深的平静中徘徊着。阳光从静静的闭着门的阳台上坠下来，落着一个砌着碎石的小方场。什么也不来搅扰这寂静；街坊上的叫卖声在远处寂灭了。寺院的钟声已消沉下去了，你穿过小方场，经过一个作坊，一切任何作坊，铁匠的、木匠的或羊毛匠的。你伫立一会儿，看着他们带着那一种的热心，坚忍和爱操作着；你来到一所大屋子前面：半开着的门已朽腐了，门环上满是铁锈，涂着石灰的白墙已经斑驳或生满黑霉了，从门间，你望见了被野草和草苔所侵占了的院子。你当然不推门进去，但是在这墙后面，在这门里面，你会感到有苦痛、沉哀或不遂的愿望静静地躺着。你再走上去，街路上依然是沉静的，一个喷泉淙淙地响着，三两只鸽子振羽作声。一个老妇扶着一个女孩伛偻着走过。寺院的钟迟迟地响起来了，又迟迟地消歇了。……这就是最深沉的西班牙，它过着一个寒伧、静默、坚忍而安命的生活，但是它却具有怎样的使人充塞了深深的爱的魅力啊。而这个小小的车站呢，它可不是也将这奥秘的西班牙呈显给我们看了吗？

当我在车站上来往蹀躞着的时候，我心中这样地思想着。在不知不觉之中，车站中已渐渐地有生气起来了。卖票处、烟摊、报摊，都已陆续地开了门，从镇上来的旅客们，也开始用他们的嘈杂的语音充满了这个小小的车站了。

我从我的沉思中走了出来，去换了些西班牙钱，到卖票处去买了里程车票，出来买了一份昨天的《太阳报》（*El Sol*），一包烟，然后回到安放着我的手提箱的长椅上去。

长椅上已有人坐着了，一个老妇的几个孩子。一个，两个，三个，四个……一共是四个孩子。而且最大的一个十一二岁的孩子，已经在开始一张一张地撕去那贴在我提箱上的各地旅馆的贴纸了。我移开箱子坐了下来。这时候，有两个在我看来很别致的人物出现了。

那是邮差、军人和京戏上所见的文官这三种人物的混合体。他们穿着绿色的制服，佩着剑，头面上却戴着像乌纱帽一般的黑色漆布做的帽子。这制服的色彩和灰暗而笼罩着阴阴的尼斯各尼亚的土地以及这个寒伧的小车站显得一种异样的不调和，那是不用说的；而就是在一身之上，这制服、佩剑和帽子之间，也表现着绝端的不一致。“这是西班牙固有的驳杂的一部分吧，”我这样想。

七点钟了。开到了一列火车，然而这是到桑当德尔（Santander）去的。火车开了，车站一时又清冷起来。要等到八点二十分呢。

我静穆地望着铁轨，目光随着那在初阳之下闪着光的两条铁路的线伸展过去，一直到了迷茫的天际；在那里，我的神思便飘举起来了。

西班牙的铁路

——西班牙旅行记之四

田野的青色小径上
铁的生客就要经过，
一只铁腕行将收尽
晨曦所播下的禾黍。

这是俄罗斯现代大诗人叶赛宁的诗句。当看见了俄罗斯的恬静的乡村一天天地被铁路所侵略，并被这个“铁的生客”所带来的近代文明所摧毁的时候，这位憧憬着古旧的，青色的俄罗斯，歌咏着猫、鸡、马、牛，以及整个梦境一般美丽的自然界的，俄罗斯的“最后的田园诗人”，便不禁发出这绝望的哀歌来，而终于和他的古旧的俄罗斯同归于尽。

和那吹着冰雪的风，飘着忧郁的云的俄罗斯比起来，西班牙的土地是更饶于诗情一点。在那里，一切都邀人入梦，催人怀古：一溪一石、一树一花，山头碉堡，风际牛羊……当你静静地观察着的时候，你的神思便会飞越到一个更迢遥更幽古的地方去，而感到自己走到了一种恍惚一般的状态之中去，走到了那些古诗人的诗境中去。

这种恍惚，这种清丽的或雄伟的诗境，是和近代文明绝缘的。让魏特曼或凡尔哈仑去歌颂机械和近代生活吧，我们呢，我们宁可让自己沉浸在往昔的梦里。你要看一看在“铁的生客”未来到以前的西班牙吗？在《大食故宫余载》（1832）中，华盛顿·欧文这样地记着他从塞维拉到格腊拿达途中的风景的一个片断：

……见旧堡，遂徘徊于堡中久之。……堡踞小山，山趺瓜低拉河萦绕如带，河身非广，澌澌作声，绕堡而逝。山花覆水，红鲜欲滴。绿阴中间出石榴佛手之树，夜莺嘤鸣其间，柔婉动听。去堡不远，有小桥跨河而渡；激流触石，直犯水碓。碓房环以黄石，那当日堡人用以屑面者。渔滕巨网，晒诸黄石之墉；小舟横陈，即隐绿阴之下。村妇衣红衣过桥，倒影入作绛色，渡过绿漪而没。等流连景光，恨不能画……（**据林纾译文**）

这是幽蒨的风光，使人流连忘返的；而在乔治·鲍罗的《圣经在西班牙》（1843）中，我们又可以看到加斯谛尔平原的雄警壮阔的姿态：

这天酷热异常，于是我们便缓缓地在旧加斯谛尔的平原上取道前进。说起西班牙，旷阔和宏壮是总要联想起的；它的山岳是雄伟的，而它的平原的雄伟也不少逊；它舒展出去，块圠无垠，但却也并不坦坦荡荡，满目荒芜，像俄罗斯的草原那样。崎岖垸埆的土地触目皆是：这里是寒泉所冲泻成的深涧和幽壑；那里是一个嶙峋而荒蛮的培塿，而在它的顶上，显出了一个寂寥的孤村。欢欣快乐的成分很少，而忧郁的成分却很多。我们偶然可以看见有几个孤独的农夫，在田野间操作——那是没有分界的田野，不知橡树、榆树或槐树为何物；只有悒郁而悲凉的松树，在那里炫耀着它的金字塔一般的形式，而绿草也是找不到的。这些地域中的旅人是谁呢？大部分是驴夫，以及他们的一长列一长列系着单调地响着的铃子的驴子。……

在这样的背景上，你想吧，近代文明会呈显着怎样的丑陋和不调和，而“铁的生客”的出现，又会怎样地破坏了那古旧的山川天地之间相互的默契和熟稔，怎样地破坏了人和自然界之间的融和的氛围气！那爱着古旧的西班牙，带着一种深深的怅惘述说着它的一切往昔的事物的阿索林，在

他的那本百读不厌的小书《加斯谛拉》中，把西班牙的历史缩成了三幅动人的画图——十六世纪的、十九世纪的和现代的——，现在，我们展开这最后一幅画图来吧：

> ……那边，在地平线的尽头，那些映现在澄澈的天宇上的山岗，好像已经被一把刀所砍断了。一道深深的挺直的罅隙穿过了它们；从这罅隙间，在地上，两条又长又光亮的平行的铁条穿了出来，节节地越过了整个原野。立刻，在那些山岗的断处，显现出了一个小黑点：它动着，急聚地前进，一边在天上遗留下一长条的烟。它已来到平原上了。现在，我们看见一个奇特的铁车和它的喷出一道浓烟来的烟囱，而在它的后面，我们看见了一列开着小窗的黑色的箱子，从那些小窗间，我们可以辨出许多男子的和妇女的脸儿来，每天早晨，这个铁车和它的那些黑色的箱子在远方现出来；它散播着一道道的烟，发着尖锐的啸声，急骤得使人目眩地奔跑着而进城市的一个近郊去……

铁路是在哪一种姿态之下在那古旧的西班牙出现，我们已可以在这幅画图中清楚地看到了。

的确，看见机关车的浓烟染黑了他们的光辉的和朦朦的风景，喧嚣的车声打破了他们的恬静，单调的铁轨毁坏了他们的山川的柔和或刚强的线条，西班牙人是怀着深深的遗憾的。西班牙的一切，从峻嶒的比雷奈山起一直到那伽尔陀思（Caledós）所谓“逐出外国的侵犯”的那种发着辛烈的臭味的煎油为止，都是抵抗着那现代文明的闯入的。所以，那“铁的生客”的出现，比在欧美各国都要迟一点，西班牙最早的几条铁路，从巴塞洛拿（Barcelona）到马达罗（Mataró）那条是在1848年建立的，从玛德里到阿朗胡爱斯（Aranjuez）的那条更迟四年，是在1851年才筑成。而在建筑铁路之前，又是经过多少的困难和周折啊。

在1830年，西班牙人已知道什么是铁路了。马尔赛里诺·加莱罗

（Marcelino Calero）在1830年出版了他的那本在英国印刷的，建筑一个从边境的海雷斯到圣玛丽港的铁路的计划书。在这本计划书后面，还附着一张地图和一幅插绘，是出自“拉蒙·赛沙·德·龚谛手笔”的。插绘上画着一列火车，喷着黑烟，驰行在海滨，而在海上，却航行着一只有着又高又细的烟筒的汽船。这插绘是有点幼稚的，然而它却至少带了一些火车的概念来给当时的西班牙人。加莱罗的这个计划没有实现，那是当然的事，然而在那些喜欢新的事物的人们间，火车便常被提到了。

七年之后，在1837年，李崖尔莫·罗佩（Guillermo Lobe）做了一次旅行，从古巴到美国，从美国又到欧洲。而在1839年，他在纽约出版了他的那部《在美国，法国和英国的旅行中给我的孩子们的书翰》。罗佩曾在美国和欧洲研究铁路，而在他的信上，铁路是常常讲到的。他希望西班牙全国都布满了铁路，然而他的愿望也没有很快地实现。以后，文人学士的关于铁路的记载渐渐地多起来了。在1841年美索奈罗·洛马诺思（Mesonero Romanos）发表了他的《法比旅行回忆记》；次年，莫代思多·拉福安德（Modesto Lauyente）发表了他的《修士海龙第奥的旅行记》第二卷。这两部游记中对于铁路都有详细的叙述，而尤以后者为更精密而有系统。这两位游记的作者都一致地公认火车旅行的诗意（这是我们所难以领略的）。美索奈罗在他的记游文中描写着铁路的诗意的各方面，在白昼的或在黑夜的。而拉福安德也沉醉于车行中所见的光景。他写着，“这是一幅绝世的惊人的画图；而在暗黑的深夜中看起来，那便千倍地格外有趣味，格外有诗意。”

然而，就在这1842年的3月14日，当元老院开会议论开筑一条从邦泊洛拿经巴斯当谷通到法兰西去的普通官路的时候，那元老议员却说：“我的意见是，我们永远无论如何也不应该弄平了比雷奈山，反之，我们应该在原来的比雷奈山上。再加上一重比雷奈山。”多少的西班牙人会同意于这个意见啊！

在1844年，西班牙著名的数学家玛里阿诺·伐烈何（Mriano Vallejo）出版了一本题名为《铁路的新建筑》的书。这位数学家是一位折中主义

者。他愿望旅行运输的便利，但他也好像不大愿意机关车的黑烟污了西班牙的青天，不大愿意它的尖锐的汽笛声冲破了西班牙的原野的平静。我们的这位伐烈何主张仍旧用牲口去牵车子，只不过那车子是在铁轨上滑行着罢了。可是，这个计划也还是没有被采用。

从1845年起，西班牙筑铁路的计划渐次地具体化了。报纸上继续地论着铁路的利益，资本家踊跃地想投资，而一批一批的铁路专家技师，又被从国外聘请来。1845年5月30日，玛德里的《传声报》记载着阿维拉、莱洪、玛德里铁路企业公司的主持者之一华尔麦思莱（Sir J. Walmsley）抵京进行开筑铁路的消息；6月22日，玛德里的《日报》上载着五位英国技师经过伐拉道里兹，测量从比尔鲍到玛德里的铁路路线的消息；7月3日，《传声报》又公布了筑造法兰西西班牙铁路的计划，并说一个英国工程师的委员会，也已制成了路线的草案并把关于筑路的一切都筹划好了；而在9月18日的《日报》上，我们又可以看到工程师勃鲁麦尔（Brumel）和西班牙北方皇家铁路公司的一行技师的到来。以后，这一类的消息还是不绝如缕，然而这些计划的实现却还需要许多岁月，还要经过十年、十五年、二十年。1848年巴塞洛拿和马达罗之间的铁路，1851年玛德里和阿朗胡爱斯之间的铁路，只能算是一种好奇心的满足而已。

从这些看来，我们可以见到这“铁的生客”在西班牙是遇到了多么冷漠的款待，多么顽强的抵抗。那些生野的西班牙人宁可让自己深闭在他们的家园里（真的，西班牙是一个大园林），亲切地、沉默地看着那些熟稔的花开出来又凋谢，看着那些祖先所抚摩过的遗物渐渐地涂上了岁月的色泽，而对于一切不速之客，他们都怀着一种隐隐的憎恨。

现在，在我面前的这条从法兰西西班牙的边境到玛德里去的铁路，是什么时候完成的呢？这个文献我一时找不到。我所知道的是，一直到1860年为止，这条路线还没有完工。1859年，阿尔都罗·马尔高阿尔都（Arturo Marcoartú）在他替《1860闰年“伊倍里亚”政治文艺年鉴》所写的那篇关于铁路的文章中，这样地告诉我们：在1859年终，北方铁路公司已有650基罗米突的铁路正在筑造中；没有动工的尚有73基罗米突。

在我面前，两条平行的铁轨在清晨的太阳下闪着光，一直延伸出去，然后在天涯消隐了。现在，西班牙已不再拒绝这“铁的生客”了。它翻过了西班牙的重重的山峦，度过了它的广阔的平原，跨过它的潺湲的溪涧，湛湛的江河，披拂着它的晓雾暮霭，掠过它的松树的针，白杨的叶，橙树的花，喷着浓厚的黑烟，发着刺耳的汽笛声，隆隆的车轮声，每日地，在整个西班牙骤急地驰骋着了。沉在梦想中的西班牙人，你们感到有点轻微的怅惘吗，你们感到有点轻微的惋惜吗？

而我，一个东方古国的梦想者，我就要跟着这“铁的生客”，怀着进香者一般虔诚的心，到这梦想的国土中来巡礼了。生野的西班牙人，生野的西班牙土地，不要对我有什么顾虑吧。我只不过来谦卑地，小心地，静默地分一点你们的太阳，你们的梦，你们的怅惘和你们的惋惜而已。

西班牙铁路

都德的一个故居

凡是读过阿尔封思·都德（Alphonse Daudet）的那些使人心醉的短篇小说和《小物件》的人，大概总记得他记叙儿时在里昂的生活的那几页吧。（按：《小物件》原名 *Le Petit Chose*，觉得还是译作《小东西》妥当。）

都德的家乡本来是尼麦，因为他父要做生意失败了，才举家迁移到里昂去。他们之所以选了里昂，无疑因为它是法国第二大名城，对于重兴家业是很有希望的。所以，在 1849 年，那父亲万桑·都德（Vincent Daudet）便带着他的一家子，那就是说他的妻子，他的三个儿子，他的女儿阿娜和那就是没有工钱也愿意跟着老东家的忠心的女仆阿奴，从尼麦搭船顺着罗纳河来到了里昂。这段路竟走了三天。在《小物件》中，我们可以看见他们到里昂时的情景：

作家都德

> 在第三天傍晚，我以为我们要淋一阵雨了。天突然阴暗起来，一片浓浓的雾在河上飘舞着。在船头上，已点起了一盏大灯，真的：看到这些兆头，我着急起来了……在这个时候，有人在我旁边说：“里昂到了！”同时，那个大钟敲了起来。这就是里昂。

里昂是多雾出名的，一年四季晴朗的日子少，阴霾的日子多，尤其是入冬以后，差不多就终日在黑沉沉的冷雾里度生活，一开窗雾就往屋子里扑，一出门雾就朝鼻子里钻，使人好像要窒息似的。在《小物件》里，我们可以看到都德这样说：

> 我记得那罩着一层烟煤的天，从两条河上升起来的一片永恒的雾。天并不下雨，它下着雾，而在一种软软的氛围气中，墙壁淌着眼泪，地上出着水，楼梯的扶手摸上去发黏。居民的神色，态度，语言，都觉到空气潮湿的意味。

一到了这个雾城之后，都德一家就住到拉封路去。这是一条狭小的路，离罗纳河不远，就在市政厅西面。我曾经花了不少的时间去找，问别人也不知道，说出是都德的故居也摇头。谁知竟是一条阴暗的陋巷，还是自己瞎撞撞到的。

那是一排很俗气的屋子，因为街道狭的原故，里面暗是不用说，路是石块铺的，高低不平，加之里昂那种天气，晴天也像下雨，一步一滑，走起来很吃劲。找到了那个门口，以为会柳暗花明又一村，却仍然是那股俗气：一扇死板板的门，虚掩着，窗子上倒加上铁栅，黝黑的墙壁淌着泪水，像都德所说的一样，伸出手去摸门，居然是发黏的。这就是都德的一个故居！而他们竟在这里住了三年。

这就是《小物件》里所说的“偷油婆婆”（Babarotte）的屋子。所谓“偷油婆婆”者，是一种跟蟑螂类似的虫，大概出现在厨房里，而在这所屋里它们四处地爬。我们看都德怎样说吧：

> 在拉封路的那所屋子里，当那女仆阿奴安顿到她的厨房里的时候，一跨进门槛就发了一声急喊：“偷油婆婆！偷油婆！”我们赶过去。怎样的一种光景啊！厨房里满是那些坏虫子。在碗橱上、墙上，抽屉里，在壁炉架上，在食橱上，什么地方都有！我们不存心地踏死它们。噗！阿奴已经弄死了许多只了，可是她越是弄

> 死它们，它们越是来。它们从洗碟盆的洞里来。我们把洞塞住了，可是第二天早上，它们又从别一个地方来了……

而现在这个“偷油婆婆”的屋子就在我面前了。

在这“偷油婆婆”的屋子里，都德一家六口，再加上一个女仆阿奴，从1849年一直住到1851年。在1851年的户口调查表上，我们看到都德的家况：

> 万桑·都德，业布匹印花，四十三岁；阿黛琳·雷诺，都德妻，四十四岁；曷奈思特·都德，学生，十四岁；阿尔封思·都德，学生，十一岁；阿娜·都德，幼女，三岁；昂利·都德，学生，十九岁。

昂利是要做教士的，他不久就到阿里克斯的神学校读书去了。他是早年就夭折了的。在《小物件》中，你们大概总还记得写这神学校生徒的死的那动人的一章吧：“他死了，替他祷告吧。”

在那张户口调查表上，在都德家属以外，还有这那么怕“偷油婆婆”的女仆阿奴：“阿奈特·特兰盖，女仆，三十三岁。”

万桑·都德便在拉封路上又重理起他的旧业来，可是生活却很困难，不得不节衣缩食，用尽方法减省。阿尔封思被送到圣别尔代戴罗的唱歌学校去，曷奈斯特在里昂中学里读书，不久阿尔封思也改进了这个学校。后来阿尔封思得到了奖学金，读到毕业，而那做哥哥的曷奈思特，却不得不因为家境困难的关系，辍学去帮助父亲挣那一份家。关于这些，《小物件》中自然没有，可是在曷奈思特·都德的一本回忆记《我的弟弟和我》中，却记载得很详细。

现在，我是来到这消磨了那《磨坊文札》的作者一部分的童年的所谓“偷油婆婆”的屋子前面了。门是虚掩着。我轻轻地叩了两下，没有人答应。我退后一步，抬起头来，向靠街的楼窗望上去：窗闭着，我看见静静的窗帷，白色的和淡青色的。而在大门上面和二层楼的窗下，我又看到了一块石头的牌子，它告诉我这位那么优秀的作家会在这儿住过，像我所知道的一样。我又走上前面叩门，这一次是重一点了，但还是没有人答应。我伫立着，等待什么人出来。

我听到里面有轻微的脚步声慢慢地近来，一直到我的面前。虚掩着的门开了，但只是一半；从那里，探出了一个老妇人的皱瘪的脸儿来，先把我从头到脚打量了一番：

"先生，你找谁？"她然后这样问。

我告诉她我并不找什么人，却是想来参观一下一位小说家的旧居。那位小说家就是阿尔封思·都德，在八十多年前，曾在这里的四层楼上住过。

"什么，你来看一位在八十多年前住在这儿的人！"她怀疑地望着我。

"我的意思是说想看看这位小说家住过的地方。譬如说你老人家从前住在一个什么城里，现在经过这个城，去看看你从前住过的地方怎样了。我呢，我读过这位小说家的书，知道他在这里住过，顺便来看看，就是这个意思。"

"你说哪一个小说家？"

"阿尔封思·都德。"我说。

"不知道。你说他从前住在这里的四层楼上？"

"正是，我可以去看看吗？"

"这办不到，先生，"她断然地说，"那里有人住着，是盖奈先生。再说你也看不到什么，那是很普通的几间屋子。"

而正当我要开口的时候，她又打量了我一眼，说：

"对不起，先生，再见。"就缩进头去，把门关上了。

我踌躇了一会儿，又摸了一下发黏的门，望了一眼门顶上的石牌，想着里昂人的纪念这位大小说家只有这一片顽石，不觉有点怅惘，打算走了。

可是在这时候，天突然阴暗起来，我急速向南靠罗纳河那面走出这条路去：天并不下雨，它又在那里下雾了，而在罗纳河上，我看见一片浓浓的雾飘舞着，像在1849年那幼小的阿尔封思·都德初到里昂的时候一样。

再生的波兰

他们在瓦砾之中生长着，以防空洞为家，以咖啡店为办事处，食无定时，穿不称身的旧衣，但是他们却微笑着，骄傲地过着生活。

波兰的生活已慢慢地趋向正常了，但是这个过程却是痛苦的。混乱和破坏便是德国人在五年半的占领之后所留下的遗物。什么东西都必须从头做起。波兰好像是一片殖民的土地，必须要从一片空无所有的地方建立一个新的社会，一个经济秩序和一个政治行政。除此以外，还有一个附加的困难：德国人所播下的仇恨和猜疑的种子，必须连根铲除。

这里是几幅画像。在华沙区中，砖瓦工业已差不多完全破坏了，而华沙却急着需要砖瓦，因为它百分之八十五的房屋都已坍败了。第一件急务是重建砖瓦工业。那些未受损害的西莱细亚区域的工场，在战前每年能够出产七万万块砖瓦。它们可能立刻拿来用，但是困难却在运输上。铁路的货车已毁坏了，残余下多少交通材料尚待调查。政府想用汽车和运货汽车来补充。Unnra 已经开始交货了，而且也答应得更多一点。

百分之六十的波兰面粉厂已变成瓦砾场了。政府感到重建它们的急要，现在已开始帮助它们重建了。在一万二十间面粉厂之中，二千间是由政府直接管理的——这些大都是被赶去了的德国人的产业。其余的面粉厂也由官方代管着，等待主有者来接收。

华沙是战争的最悲剧的城，又是世界上最古怪的城。在它的大街上走着的时候，你除了废墟之外什么也看不到。这座城好像是死去而没有鬼魂出没的；可是从这些废墟之间，却浮现出生活来，一种认真的，工作而吃苦的生活，但却也是一种令人惊奇的快乐的生活。

你看见那些微笑的脸儿，忙碌的人物，跑来跑去的人。交通是十分不方便，少数的几架电车不符合市民的需要，所以停车站上都排着长长的队伍。

今日华沙的最动人的景象，也许就是废墟之间的咖啡店生活吧。化为一堆瓦砾的大厦，当你在旁边走过的时候，也许会辨认不出来吧。瓦砾已被清除了，十张桌子和四十张椅子，整整齐齐地安排在那往时的大厦的楼下一层的餐室中，门口挂着一块招牌，骄傲地宣称这是“巴黎咖啡店”。顾客们来来去去，侍者侍候他们，生活就回到了那废墟。在今日。这些咖啡店就是复活的华沙的象征。

人们住在地下防空洞临时搭的房间，或是郊外的避弹屋。这些住所是只适合度夜的，成千成万的人都把他们的日子消磨在咖啡店中。那些咖啡店，有时候是设在一所破坏了的屋子的最低一层，上面临时用木板或是洋铁皮遮盖着；有时设在那在轰炸中神奇地保全了的玻璃顶阳台上；但是大部分的咖啡店，却都是露天的。在那里，人们坐着谈天，讲生意，办公事。他们似乎很快乐，但是如果你听他们谈话，你就可以听见他们在那儿抱怨。他们不满意建筑太慢，交通太不方便。

这种临时的咖啡店吸引了各色各样的顾客：贩子们兜卖自来水笔和旧衣服，孩子卖报纸，还有一种特别的人物，那就是专卖外国货币的人。什么事情都有变通办法，如果有一件东西是无法弄得到的，只要一说出来，过了一小时你就可以弄到手。和咖啡店作竞争的，有店铺和摊位。只消在被炮火打得洞穿的墙上钉几块木牌，店铺就开出来了。那些招牌宣告了那些店铺的存在和性质：“巴黎理发店”，“整旧如新，立等即有”等等。在另一条街上，在破碎的玻璃后面，几枝花和一块招牌写着“小勃里斯多尔”——原来有旧日的华沙，勃里斯多尔饭店是最大的旅馆。

这便是街头的生活，但是微笑的脸儿却隐藏着无数的忧虑。人民的衣服都穿得很坏；在波兰全国，衣服和皮革都缺乏得很，许多人都穿着几年

以前的旧衣服，用不论任何方法去聊以蔽体。有的人则买旧衣服来穿，也不管那些衣服称身不称身，袖短及肘，裤短及膝的，也是常见的了。

在生活的每一部门，都缺乏熟练的人手。医生非常稀少。而人民却急需医药。几年以来，他们都是营养不良而且常常生病。孩子们都缺乏维他命和医药。留在那里的医生都忙得不可开交，他们不得不去和希特勒的饥饿政策和缺乏卫生的后患斗争，然而人民却并不仅仅生活。他们还贪切而骄傲地生活。那最初在华沙行驶的电车都结满了花带。那些并不比摊子大一点的店铺都卖着花。在波兰，差不多经已有三十家戏院开门了，而克格哥交响乐队，也经常奏演了。

报纸，杂志和专门出版物，都渐渐多起来，但是纸张的缺乏却妨碍了出版界的发展。小学和大学都重开了，但是书籍和仪器却十分缺乏。

在波兰，差不多任何东西都不够供应。物价是高过受薪阶层的购买力。运输的缺乏增加了食品分配的困难，但是工厂和餐室，以及政府机关的食堂，却都竭力弥补这个缺陷。在波兰的经济机构中，是有着那么许多空洞，你刚补好了一个洞，另外五个洞又现出来了。经济的发动权的操纵权不能操纵自如，于是整部车子就走几码就停下来了。

除了物质的需要之外，还有精神的不安。精确的估计算出，从 1939 年起，波兰死亡的总数有六百万人。现在还有成千成万的人，都还不知道自己的家属的存亡和命运。幸而人民的精神拯救了这个现状。他们泰然微笑地穿着他们不称身的衣服，吃着他们的不规则的饭食，忍受着物品的缺乏和运输的迟缓。他们已下了决心，要使波兰重新生活起来。

记玛德里的书市

无匹的散文家阿索林，曾经在一篇短文中，将法国的书店和西班牙的书店，做了一个比较。他说：

> 在法兰西，差不多一切书店都可以自由地进去，行人可以披览书籍而并不引起书贾的不安；书贾很明白，书籍的爱好者不必常常要购买，而他的走进书店去，也并不目的是为了买书；可是，在翻阅之下，偶然有一部书引起了他的兴趣，他就买了它去。在西班牙呢，那些书店都像神圣的圣体龛子那样严封密闭着，而一个陌生人走进书店里去，摩挲书籍，翻阅一会儿，然后又从来路而去这等的事，那简直是荒诞不经，闻所未闻的。

阿索林对于他本国书店的批评，未免过分严格一点。巴黎的书店也尽有严封密闭着，像右岸大街的一些书店那样，而玛德里的书店之可以进出无人过问翻看随你的，却也不在少数。如果阿索林先生愿意，我是很可以举出这两地的书店的名称来作证的。

公正地说，法国的书贾对于顾客的心理研究得更深切一点。他们知道，常常来翻翻看看的人，临了总会买一两本回去的；如果这次不买，那么也许是因为他对于那本书的作者还陌生，也许他觉得那版本不够好，也许他身边没有带够钱，也许他根本只是到书店来消磨一刻空闲的时间。而对于这些人，最好的办法是不理不睬，由他去翻看一个饱。如果殷勤招待，问长问短，那就反而招致他们的麻烦，因而以后就不敢常常来了。

的确，我们走进一家书店去，并不像那些学期开始时抄好书单的学生一样，先有了成见要买什么书的。我们看看某个或某个作家是不是有新书出版；我们看看那已在报上刊出广告来的某一本书，内容是否和书评符合；我们把某一部书的版本，和我们已有的同一部书的版本做一个比较；或仅仅是我们约了一位朋友在三点钟会面，而现在只是两点半。走进一家书店去，在我们就像别的人踏进一家咖啡店一样，其目的并不在喝一杯苦水也。因此我们最怕主人的殷勤。第一，他分散了你的注意力，使你不得不想出话去应付他；其次，他会使你警悟到一种歉意，觉得这样非买一部书不可。这样，你全部的闲情逸致就给他们一扫而尽了。你感到受人注意着，监视着，感到担着一重义务，负着一笔必须偿付的债了。

西班牙的书店之所以受阿索林的责备，其原因就是他们不明顾客的心理。他们大都是过分殷勤讨好。他们的态度是没有恶意的，然而对于顾客所发生的效果，却适得其反。记得 1934 年在玛德里的时候，一天闲着没事，到最大的“爱斯巴沙加尔贝书店”去浏览，一进门就受到殷勤的店员招待，陪着走来走去，问长问短，介绍这部，推荐那部，不但不给一点空闲，连自由也没有了。自然不好意思不买，结果选购了一本廉价的奥尔德加伊加赛德的小书，满身不舒服地辞了出来。自此以后，就不敢再踏进门槛去了。

在“文艺复兴书店”也遇到类似的情形，可是那次却是硬着头皮一本也不买走出来的。而在玛德里我买书最多的地方，却反而是对于主顾并不殷勤招待的圣倍拿陀大街的“迦尔西亚书店”，王子街的“倍尔特朗书店”，特别是“书市”。

“书市”是在农工商部对面的小路沿墙一带。从太阳门出发，经过加雷达思街，沿着阿多恰街走过去，走到南火车站附近，在左面，我们碰到了那农工商部，而在这黑黝黝的建筑的对面小路口，我们就看到了几个黑墨写着的字：La Feria de los Libros，那意思就是“书市”。在往时，据说这传统的书市是在农工商部对面的那一条宽阔的林荫道上的，而我在玛德里的时候，它却的确移到小路上去了。

这传统的书市是在每年的九月下旬开始，十月底结束的。在这些秋高气爽的日子，到书市中去漫走一下，寻寻，翻翻，看看那些古旧的书，褪了色的版画，各色各样的印刷品，大概也可以算是人生的一乐吧。书市的规模并不大，一列木板盖搭的，肮脏，零乱的小屋，一共有十来间。其中也有一两家兼卖古董的，但到底卖书的还是占着极大的多数。而使人更感到可喜的，便是我们可以随便翻看那些书而不必负起任何购买的义务。

新出版的诗文集和小说，是和羊皮或小牛皮封面的古本杂放在一起。当你看见圣女戴蕾沙的《居室》和共产主义诗人阿尔倍谛的诗集对立着，古代法典《七部》和《玛德里卖淫业调查》并排着的时候，你一定会失笑吧。然而那迷人之处，却正存在于这种杂乱和漫不经心之处。把书籍分门别类，排列得整整齐齐，固然能叫人一目了然，但是这种安排却会使人望而却步，因为这样就使人不敢随便抽看，怕捣乱了人家固有的秩序；如果本来就是这样乱七八糟的，我们就百无禁忌了。再说，旧书店的妙处就在其杂乱，杂乱而后见繁复，繁复然后生趣味。如果你能够从这一大堆的混乱之中发现一部正是你踏破铁鞋无觅处的书来，那是怎样大的喜悦啊！

书价低廉是那里的最大的长处。书店要卖七个以至十个贝色达的新书，那里出两三个贝色达就可以携归了。寒斋的阿耶拉全集，阿索林，乌拿莫诺，巴罗哈，瓦和英克朗，米罗等现代作家的小说和散文集，洛尔加，阿尔倍谛，季兰，沙思纳思等当做诗人的诗集，珍贵的小杂志，都是从那里陆续购得的。我现在也还记得那第三间小木舍的被人叫做华尼多大叔的须眉皆白的店主。我记得他，因为他的书籍的丰富，他的态度的和易，特别是因为那个坐在书城中，把青春的新鲜和故纸的古老成着奇特的对比的，张着青色忧悒的大眼睛望着远方的云树的，他的美丽的孙女儿。

我在玛德里的大部分闲暇时间，甚至在革命发生，街头枪声四起，铁骑纵横的时候，也都是在那书市的故纸堆里消磨了的。在傍晚，听着南火车站的汽笛声，踏着疲倦的步子，臂间挟着厚厚的已绝版的赛哈道的《赛房德里辞典》或是薄薄的阿尔多拉季雷的签字本诗集，慢慢地沿着灯光已明的阿多恰大街，越过熙来攘往的太阳门广场，慢慢地踱回寓所去对灯披览，这种乐趣恐怕是很少有人能够领略的吧。

然而十月在不知不觉之中快流尽了。树叶子开始凋零，夹衣在风中也感到微寒了。玛德里的残秋是忧郁的，有几天简直不想闲逛了。公寓生活是有趣的，和同寓的大学生聊聊天，舞姬调调情，就很快地过了几天。接着，有一天你打叠起精神，再踱到书市去，想看看有什么合意的书，或仅仅看看那青色的忧悒的大眼睛。可是，出乎意外地，那些小木屋都已紧闭着门了。小路显得更宽敞一点，更清冷一点，南火车站的汽笛声显得更频繁而清晰一点。而在路上，凋零的残叶夹杂着纸片书页，给冷冷的风寂寞地吹了过来，又寂寞地吹了过去。

马德里

巴黎的书摊

在滞留巴黎的时候，在羁旅之情中可以算做我的赏心乐事的有两件：一是看画，二是访书。在索居无聊的下午或傍晚，我总是出去，把我迟迟的时间消磨在各画廊中和河沿上。关于前者，我想在另一篇短文中说及，这里，我只想来谈一谈访书的情趣。

其实，说是“访书”，还不如说在河沿上走走或在街头巷尾的各旧书铺进出而已。我没有要觅什么奇书孤本的蓄心，再说，现在已不是在两个铜元一本的木匣里翻出一本 Pâtissier français 的时候了。我之所以这样做，无非为了自己的癖好，就是摩挲观赏一回空手而返，私心也是很满足的，况且薄暮的赛纳河又是这样地窈窕多姿！

我寄寓的地方是 Rue de L’ Echaudé，走到赛纳河边的书摊，只须沿着赛纳路步行约摸三分钟就到了。但是我不大抄这近路，这样走的时候，赛纳路上的那些画廊总会把我的脚步牵住的。再说，我有一个从头看到尾的癖，我宁可兜远路顺着约可伯路，大学路一直走到巴克路，然后从巴克路走到王桥头。

赛纳河左岸的书摊，便是从那里开始的，从那里到加路赛尔桥，可以算是书摊的第一个地带，虽然位置在巴黎的贵族的第七区，却一点也找不出冠盖的气味来。在这一地带的书摊，大约可以分这几类：第一是卖廉价的新书的，大都是各书店出清的底货，价钱的确公道，只是要你会还价，例如旧书铺里要卖到五六百法郎的勒纳尔（J. Renard）的《日记》，在那里你只需花二百法郎光景就可以买到，而且是崭新的。我的加梭所译的赛

尔房德思的《模范小说》，整批的《欧罗巴杂志丛书》，便都是从那儿买来的。这一类书在别处也有，只是没有这一带集中吧。其次是卖英文书的，这大概和附近的外交部或奥莱昂车站多少有点关系吧。可是这些英文书的买主却并不多，所以花两三个法郎从那些冷清清的摊子里把一本初版本的《万牲园里的一个人》带回寓所去，这种机会，也是常有的。第三是卖地道的古版书的，十七世纪的白羊皮面书，十八世纪饰花的皮脊书等等，都小心地盛在玻璃的书框里，上了锁，不能任意地翻看，其他价值较次的古书，则杂乱地在木匣中堆积着，对着这一大堆你挨我挤着的古老的东西，真不知道如何下手。这种书摊前比较热闹一点，买书大多数是中年人或老人。这些书摊上的书，如果书摊主是知道值钱的，你便会被他敲了去，如果他不识货，你便占了便宜来。我曾经从那一带的一位很精明的书摊老板手里，花了五个法郎买到一本1765年初版本的Du Laurens的*Imirce*，至今犹有得意之色：第一因为*Imirce*是一部禁书，其次这价钱实在太便宜也。第四类是卖淫书的，这种书摊在这一带上只有一两个，而所谓淫书者，实际也仅仅是表面的，骨子里并没有什么了不得，大都是现代人的东西，写来骗骗人的。记得靠近王桥的第一家书摊就是这一类的，老板娘是一个四五十岁的虔婆，当我有一回逗留了一下的时候，她就把我当做好主顾而怂恿我买，使我留下极坏的印象，以后就敬而远之了。其实那些地道的“珍秘”的书，如果你不愿出大价钱，还是要费力气角角落落去寻的，我曾在一家犹太人开的破货店里一大堆废书中，翻到过一本原文的Cleland的*Fanny Hill*，只出了一个法郎买回来，真是意想不到的事。

从加路赛尔桥到新桥，可以算是书摊的第二个地带。在这一带，对面的美术学校和钱币局的影响是显著的。在这里，书摊老板是兼卖板画图片的，有时小小的书摊上挂得满目琳琅，原张的蚀雕，从书本上拆下的插图，戏院的招贴，花卉鸟兽人物的彩图，地图，风景片，大大小小各色俱全，反而把书列居次位了。在这些书摊上，我们是难得碰到什么值得一翻的书的，书都破旧不堪，满是灰尘，而且有一大部分是无用的教科书，展览会和画商拍卖的目录。此外，在这一带我们还可以发现两个专卖旧钱币纹章等而不卖书的摊子，夹在书摊中间，做一个很特别的点缀。这些卖画卖钱币的摊子，我总是望望然而去之的，（记得有一天一位法国朋友拉着我在这些钱币摊子前逗留了长久，他看得津津有味，我却委实十分难受，以后到河沿上走，总不愿和别人一淘了。）然而在这一带却也有一两个很好的书摊子。一个摊子是一个老年人摆的，并不是他的书特别比别人丰富，却是他为人特别和气，和他交易，成功的回数居多。我有一本高克多（Cocteau）亲笔签字赠给诗人费尔囊·提华尔（Fernand Divoire）的 *Le Grand Ecart*，便是从他那儿以极廉的价钱买来的，而我在加里马尔书店买的高克多亲笔签名赠给诗人法尔格（Fargue）的初版本 *Opéra*，却使我花了七十法郎。但是我相信这是他错给我的，因为书是用蜡纸包封着，他没有拆开来看一看；看见了那献辞的时候，他也许不会这样便宜卖给我。另一个摊子是一个青年人摆的，书的选择颇精，大都是现代作品的初版和善本，所以常常得到我的光顾。我只知道这青年人的名字叫昂德莱，因为他的同行们这样称呼他，人很圆滑，自言和各书店很熟，可以弄得到价廉物美的后门货，如果顾客指定要什么书，他都可以设法。可是我请他弄一部《纪德全集》，他始终没有给我办到。

可以划在第三地带的是从新桥经过圣米式尔场到小桥这一段。这一段是赛纳河左岸书摊中的最繁荣的一段。在这一带，书摊都比较整齐一点，而且方面也多一点，太太们家里没事想到这里来找几本小说消闲，也有；学生们贪便宜想到这里来买教科书参考书，也有；文艺爱好者到这里来寻几本新出版的书，也有；学者们要研究书，藏书家要善本书，猎奇者要珍秘书，都可以在这一带获得满意而回。在这一带，书价是要比他处高一些，然而总比到旧书铺里去买便宜。健吾兄觅了长久才在圣米式尔大场的一家旧书店中觅到了一部《龚果尔日记》，花了六百法郎喜欣欣的捧了回去，以为便宜万分，可是在不久之后我就在这一带的一个书摊上发现了同样的一部，而装订却考究得多，索价就只要二百五十法郎，使他悔之不及。可是这种事是可遇而不可求的，跑跑旧书摊的人第一不要抱什么一定的目的，第二要有闲暇有耐心，翻得有劲儿便多翻翻，翻倦了便看看街头熙来攘往

的行人，看看旁边赛纳河静静的逝水，否则跑得腿酸汗流，眼花神倦，还是一场没结果回去。话又说远了，还是来说这一带的书摊吧。我说这一带的书较别带为贵，也不是胡说的，例如整套的 *Echanges* 杂志，在第一地带中买只须十五个法郎，这里却一定要二十个，少一个不卖；当时新出版原价是二十四法郎的 Céline 的 *Voyage aubout de la nuit*，在那里买也非十八法郎不可，竟只等于原价的七五折。这些情形有时会令人生气，可是为了要读，也不得不买回去。价格最高的是靠近圣米式尔场的那两个专卖教科书参考书的摊子。学生们为了要用，也不得不硬了头皮去买，总比买新书便宜点。我从来没有做过这些摊子的主顾，反之他们倒做过我的主顾。因为我用不着的参考书，在穷极无聊的时候总是拿去卖给他们的。这里，我要说一句公平话：他们所给的价钱的确比季倍尔书店高一点。这一带专卖近代善本书的摊子只有一个，在过了圣米式尔场不远快到小桥的地方。摊主是一个不大开口的中年人，价钱也不算顶贵，只是他一开口你就莫想还价，就是答应你还也是相差有限的，所以看着他陈列着的《泊鲁思特全集》，插图的《天方夜谭》全译本，Chirico 插图的阿保里奈尔的 *Calligrammes*，也只好眼红而已。在这一带，诗集似乎比别处多一些，名家的诗集化四五个法郎就可以买一册回去。至于较新一点的诗人的集子，你只要到一法郎或甚至五十生丁的木匣里去找就是了。我的那本仅印百册的 Jean Gris 插图的 Reverdy 的《沉睡的古琴集》，超现实主义诗人 Gui Rosey 的《三十年战争集》等等，便都是从这些廉价的木匣子里翻出来的。还有，我忘记说了，这一带还有一两个专卖乐谱的书铺，只是对于此道我是门外汉，从来没有去领教过罢了。

从小桥到须里桥那一段，可以算是河沿书摊的第四地带，也就是最后的地带。从这里起，书摊便渐渐地趋于冷落了。在近小桥的一带，你还可以找到一点你所需要的东西，例如有一个摊子就有大批 N. R. F. 和 Crasset 出版的书，可是那位老板娘讨价却实在太狠，定价十五法郎的书总要讨你十二三个法郎，而且又往往要自以为在行，凡是她心目中的现代大作家，如摩里阿克，摩洛阿，爱眉（Aymé）等，就要敲你一笔竹杠，一点也不肯让价；反之，像拉尔波，茹昂陀，拉第该，阿朗等优秀作家的作品，她倒肯廉价卖给你。从小桥一带再走过去，便每况愈下了。起先是虽然没有什么好书，但总还能维持河沿书摊的尊严的摊子，以后呢，卖破旧不堪的通俗小说杂志的也有了，卖陈旧的教科书和一无用处的废纸的也有了，快到须里桥那一带，竟连卖破铜烂铁，旧摆设，假古董的也有了；而那些摊子的主人呢，他们的样子和那在下面赛纳河岸上喝劣酒，钓鱼或睡午觉的街头巡阅使（Clochard），简直就没有什么大两样。到了这个时候，巴黎左岸书摊的气运已经尽了，你的腿也走乏了，你的眼睛也看倦了，如果你袋中尚有余钱，你便可以到圣日尔曼大街口的小咖啡店里去坐一会儿，喝一杯热热的浓浓的咖啡，然后把你沿路的收获打开来，预先摩挲一遍，否则如果你已倾了囊，那么你就走上须里桥去，倚着桥栏，俯看那满载着古愁并饱和着圣母祠的钟声的，赛纳河的悠悠的流水，然后在华灯初上之中，闲步缓缓归去，倒也是一个经济而又有诗情的办法。

说到这里，我所说的都是赛纳河左岸的书摊，至于右岸的呢，虽则有从新桥到沙德莱场，从沙德莱场到市政厅附近这两段，可是因为传统的关系，因为所处的地位的关系，也因为货色的关系，它们都没有左岸的重要。只在走完了左岸的书摊尚有余兴的时候或从卢佛尔（Louvre）出来的时候，我才顺便去走走，虽然间有所获，如查拉的 *L' homme approximatif* 或卢梭（Henri Rousseau）的画集，但这是极其偶然的事；通常，我不是空手而归，便是被那街上的鱼虫花鸟店所吸引了过去。所以，原意去“访书”而结果买了一头红颈雀回来，也是有过的事。

香港的旧书市

这里有生意经，也有神话。

香港人对于书的估价，往往是会使外方人吃惊的。明清善本书可以论斤称，而一部极平常的书却会被人视为稀世之珍。一位朋友告诉我，他的亲戚珍藏着一部《中华民国邮政地图》，待价而沽，须港币五千元（合国币四百万元）方肯出让。这等奇闻，恐怕只有在那个小岛上听得到吧。版本自然更谈不到，“明版康熙字典”一类的笑谈，在那里也是家常便饭了。

这样的一个地方，旧书市的性质自然和北平、上海、苏州、南京等地不同。不但是规模的大小而已，就连收买的方式和售出的对象，也都有很大的差别。那里卖旧书的仅是一些变相的地摊，沿街靠壁钉一两个木板架子，搭一个避风雨的遮棚，如此而已。收书是论斤断秤的，道林纸和报纸印的书每斤出价约港币一二毫，而全张报纸的价钱却反而高一倍；有硬面书皮的洋装书更便宜一点，因为纸板“重秤”，中国纸的线装书，出到一毫一斤就是最高的价钱了。他们比较肯出价钱的倒是学校用的教科书，簿记学书，研究养鸡养兔的书等等，因为要这些书的人是非购不可的，所以他们也就肯以高价收入了。其次是医科和工科用书，为的是转运内地可以卖很高的价钱。此外便剩下“杂书”，只得卖给那些不大肯出钱的他们所谓“藏家”和“睇家”了。他们最大的主顾是小贩。这并不是说香港小贩最深知读书之乐，他们对于书籍的处理是更实际一点，拿来做纸袋包东西。其次是学生，像我们这种并不从书籍得到“实惠”的人，在他们是无足重轻的。

旧书摊最多的是皇后大道中央戏院附近的楼梯街，现在共有五个摊子。

从大道拾级上去，左手第一家是“龄记”，管摊的是一个十余岁的孩子（他父亲则在下面一点公厕旁边摆废纸摊），年纪最小，却懂得许多事。著《相对论》的是爱因斯坦，哥德是德国大文豪，他都头头是道。日寇占领香港后，这摊子收到了大批德日文学书，现在已卖得一本也不剩，又经过了一次失窃，现在已没有什么好东西了。隔壁是“焯记”，摊主是一个老是有礼貌的中年人，专卖中国铅印书，价钱可不便宜，不看也没有什么关系。他对面是“季记”，管摊的是姐妹二人。到底是女人，收书卖书都差点功夫。虽则有时能看顾客的眼色和态度见风使舵，可是索价总嫌“离谱”（粤语不合分寸）一点。从前还有一些四部丛刊零本，现在却单靠卖教科书和字帖了。“季记”隔壁本来还有“江培记”，因为生意不好，已把存货秤给鸭巴甸街的“黄沛记”，摊位也顶给卖旧铜烂铁的了。上去一点，在嚤罗街口，是“德信书店”，虽号称书店，却仍旧还是一个摊子。主持人是一对少年夫妇，书相当多，可是也相当贵，他以为是好书，就一分钱也不让价，反之，没有被他注意的书，讨价之廉竟会使人不相信。“格吕尼”版的波特莱尔的《恶之华》和韩波的《作品集》，两册只讨港币一元，希米芯的《莎士比亚字典》会论斤称给你，这等事在我们看来，差不多有点近乎神话了。“德信书店”隔壁是“华记”。虽则摊号仍是“华记”，老板却已换过了。原来的老板是一家父母兄弟四人，在沦陷期中旧书全盛时代，他们在楼梯街竟拥有两个摊子之多。一个是现在这老地方，一个是在“焯记”隔壁，现在已变成旧衣摊了。因为来路稀少，顾客不多，他们便把滞销的书盘给了现在的管摊人，带着好销一些的书到广州去开店了，听说生意还不错呢。现在的“华记”已不如从前远甚，可是因为地利的关系（因为这是这条街第一个摊子，经荷里活道拿下旧书来卖的，第一先经过他的手，好的便宜的，他有选择的优先权），有时还有一点好东西。

在楼梯街，当你走到了“华记”的时候，书市便到了尽头。那时你便向左转，沿着荷里活道走两三百步，于是你便走到鸭巴甸街口。

鸭巴甸街的书摊名声还远不及楼梯街的大，规模也比较小一点，书类也比较新一点。可是那里的书，一般地说来，是比较便宜点。下坡左首第

一家是“黄沛记”，摊主是世业旧书的，所以对于木板书的知识，是比其余的丰富得多，可是对于西文书，就十分外行了。在各摊中，这是取价最廉的一个。他抱着薄利多销主意，所以虽在米珠薪桂的时期，虽则有八口之家，他还是每餐可以饮二两双蒸酒。可是近来他的摊子上也没有什么书，只剩下大批无人过问的日文书，和往日收下来的瓷器古董了。“黄沛记”对面是“董莹光”，也是鸭巴甸街的一个老土地，可是人们却称呼他为“大光灯”。大光灯意思就是煤油打气灯。因为战前这个摊子除了卖旧书以外还出租煤油打气灯。那些“大光灯”现在已不存在了，而这雅号却留了下来。“大光灯”的书本来是不贵的，可是近来的索价却大大地“离谱”。据内中人说，因为有几次随便开了大价，居然有人照付了，他卖出味道来，以后就一味地上天讨价了。从“董莹光”走下几步，开在一个店铺中的，是“萧建英”。如果你说他是书摊，他一定会跳起来，因为在楼梯街和鸭巴甸街这两条街上，他是惟一有店铺的——虽则是极其简陋的店铺。管店的是兄弟二人。那做哥哥的人称之为“高佬”，因为又高又瘦。他从前是送行情单的，路头很熟，现在也差不多整天不在店，却四面奔走着收书。实际上在做生意的是他的十四五岁的弟弟。虽则还是一个孩子，做生意的本领却比哥哥更好，抓定了一个价钱之后，你就莫想他让一步。所以你想便宜一点，还是和“高佬”相商。因为“高佬”收得勤，书摊是常常有新书的。可是，近几月以来，因为来源涸绝，不得不把店面的一半分租给另一个专卖翻版书的摊子了。

在现在的“萧建英”斜对面，战前还有一家“民生书店”，是香港惟一卖线装古书的书店，而且还代顾客装潢书籍号书根。工作不能算顶好，可是在香港却是独一无二的。不幸在香港沦陷后就关了门，现在，如果在香港想补裱古书，除了送到广州去以外就毫无办法了。

鸭巴甸街的书摊尽于此矣，香港的书市也就到了尽头了。此外，东碎西碎还有几家书摊，如中环街市旁以卖废纸为主的一家，西营盘兼卖教科书的“肥林”，跑马地黄泥涌道以租书为主的一家，可是绝少有可买的书，奉劝不必劳驾。再等而下之，那就是禧利街晚间的地道的地摊子了。

卖艺童子

他也是个人吗？为什他不受世人的同等待遇呢？唉，他不过家里少了几个钱罢了。他父亲原是个好好的商人，后来因为投机事业大大失败，所以就在他五岁那年，宣告破产。在他六岁那年子，他父亲便将他卖给了马戏班子里。从此以后，他就堕落在这悲惨的世界里，永无翻身之日了。

说起来委实可怜咧。他们的老班是个残忍的人，生性暴躁，动不动就要发火，要打人。可怜他今年不过十一岁咧，他老班又要鞭他，他同伙又要欺他，终日里挨打挨骂，到晚上还须到游艺场里去耍把戏，忍着饥耐着苦，不要说是偶然失了手，闯下了祸，定然打个半死，饿他半天，就是有所痛苦，也只好藏在心头，不敢现在颜面上。要是脸上稍有点不快活的样子，就派他是有意得罪看客，回来少不得又是一顿皮鞭子。我时常见他是张着小口，嘻嘻地笑着，可是我却深晓得他那浅浅的笑窝里，却含蕴着万种的痛苦悲怨呢。

我真不懂这提倡人道主义的世界，博爱还及到禽兽身上，鸡鸭倒提着就要受罚，可是他呢，他在演技的时候倒立在地上不算，还要他唱一支小曲，喝三杯冷水，吃一只香蕉，那时全身儿倒立着已经够受用了，何况再迫他唱小曲，灌食物下去呢，那自然有一种剧烈的痛苦，而且于他身体发育上当然又是个极大的阻碍。他现在已十一岁了，可是那小小的身予看过去总不过像七八岁，这就是个大大的明证。最可怪的就是这些看客越是看到这惨无人道的把戏越是拼命的喝彩，好似幸人之灾乐人之祸一般。原是呢，他们花了钱来寻快活的，不过总该存点恻隐之心啊。唉，他也是个人

吗，为什么倒不如畜生呢？

我记得那天是冬季极冷的一天，呼呼的北风刮得厉害，他只着了一件夹袄，因为他班主不准他穿多，说穿得多了和耍把戏有妨碍的。到晚上又到游艺场里去演技了，他索索地抖着，那刀一般的风直刮得他的皮肤都裂开了，他浑身已麻木几乎不能动弹了。他身上所受的痛苦，他心中所受的痛苦已达到极点了。他又不敢反抗他老班的命令，畏缩不前，他依旧打起精神，丝毫不敢懈。他这夜演的是“爱神之舞”，他就在那铮铮琮琮的妙乐里，现身在演技圈中，背上背着一双洁白的翼翅，扮作爱神的模样，苹果般的面庞娇红得怪可人怜。他举首望望那场中五丈多高的木架子，就有些胆寒了。这时他老班又发下命令，喊他上去，他心中恐怕极了，可是他总不敢反抗，只得张开了一双痛得通红的小手，攀住了那根从木架子上垂下来的绳子。他老班便将绳子的那一端拉下来，他就平空地吊了上去，达到最高的地点。他老班又发下暗示，他松了一只手，攀住了前面的木杆，想腾身过去，可怜他这时一双小手被风刮得出血了，他的神经已失了知觉了，只觉得眼前忽然一黑，他支持不住了，一松手，一个倒栽葱向下落下去。……唉，我也不忍说下去了。

我仿佛还记得当时的看客同声喝了个倒彩。

母爱

他的病魔正在那里和死神交战，他的病正是在最危险的地步，他的面庞瘦得全不像个人，一双颧骨凸出得很高，两只眼睛陷进得很深，嘴唇上连一丝血色都没有。可是面上的燥火却红得厉害，他已昏昏沉沉的三天没有进食。不但是没有进食，就是滴水都没有入口，在他病榻面前围满了五六个医生，有的摇头微叹，有的望着他发怔，他们已把各人平生的技术都用出来，可是总想不出怎样可战胜死神。他们都是焦思着，屋子里静得连呼吸声都觉得很大。窗外药炉上的水沸声，又兀是闹个不休，越显得他的病症的危险可怕。他的母亲尤是焦急万分，噙着一包热泪，不住的望着伊爱子，轻轻的走到病榻前，俯身下去瞧他。可怜伊自己原也有病在身，可是伊为了伊爱子的病竟把自己的病都忘记了。伊已三夜不曾合眼过，眼皮肿得很高，也不知是睡肿的，还是伤心肿的。伊只有他一个爱子，伊的丈夫已在十年前故世了，只遗下这一块肉。伊守寡十年，靠着十个指头赚了钱来养他，备尝了世上的艰苦，才把他养大成人，居然使他能在社会上做点事，自食其力了。伊是极爱他的。伊的心中只有他一个爱子，所以除了他爱子随便什么都可牺牲，可怜伊为了他，竟积劳成了个不易医治的病，但是伊仍是照样的做去，希望他成家立业。不料他忽然病了，病症又十分危险。伊百般的服侍看护，可是他的病竟一天重一天，伊也曾天天的求神拜佛，祝他病好，伊也曾拼当衣衫为他求医，伊一天到晚的望他好起来，伊竟对天立誓说，宁愿自己死了，代伊的爱子受过。

他的病在最危险时，朦胧中只听得耳际有颤动的呼吸声，又觉得头顶

上有只手在那里抚摩他的头发，又觉得有人和他接了个吻，轻轻地拍拍他的身子，突然有一滴水滴到他脸上，他微微的张开眼睛看了看，只见枕头边有个人伏着，也看不见是谁，他慢慢的伸手过去，却摸着枕头上湿了倒有一大滩水，他觉得眼前一黑，又是昏昏沉沉地睡去了。

他的病总算赖天的保佑竟战胜了死神了。他母亲知道他的病已不危险了，也安了一大半心。但是伊还总是担忧，伊急望他痊愈，伊仍是不懈的看护他，不几时他的病竟消失得无影无踪了。病魔却加到他母亲的身上了。他母亲本来已是有病之身，再加上伊爱子的一场大病，又是担心又是积劳，所以等伊爱子病好了不久，伊又接连地病起来。伊的病状尤是凶险万分，一天到晚竟没有一刻儿困得着，终日的哼呼喊叫，实是危险极了。但是伊对伊爱子，却说我的病是不妨事的，过一二天自然就好了，你病才好，不可过劳，我的病不用你来照顾，我自己能服侍自己，不用你担心的。依我看来，医生也不必去接，这点点小病痛，也值得花多钱吗？就是你自己也不必老守在家里，外面也好去游散游散，不过这几天天冷，你衣服却要多着些啊。伊虽是病很厉害，伊却不肯对爱子直说，免得他心忧，还要色色都管周到，真是爱子之心无微不至了。可是他呢，真是全无良心的，自己病一好，也就不管他母亲的病了，总算还听他母亲的话，医生也不请，终日到晚老毛病发作，花天酒地的，索性连回也不回去了，老实说他的心中哪里有他母亲一个人，可怜他母亲的病愈积愈重竟一病不起了。在伊临终时，伊的爱子正在那里逐色征歌，可怜伊还盼望伊儿子归来见一见面。直等到气绝了，身冷了，还没有瞑目。

倾听戴望舒

· 文艺札记 ·

诗论零札（一）

一

诗不能借重音乐，它应该去了音乐的成分。

二

诗不能借重绘画的长处。

三

单是美的字眼的组合不是诗的特点。

四

象征派的人们说："大自然是被淫过一千次的娼妇。"但是新的娼妇安知不会被淫过一万次。被淫的次数是没有关系的，我们要有新的淫具，新的淫法。

五

诗的韵律不在字的抑扬顿挫上，而在诗的情绪的抑扬顿挫上，即在诗情的程度上。

六

新诗最重要的是诗情上的 nuance① 而不是字句上的 nuance。

七

韵和整齐的字句会妨碍诗情，或使诗情成为畸形的。倘把诗的情绪去适应呆滞的，表面的旧规律，就和把自己的足去穿别人的鞋子一样。愚劣的人们削足适履，比较聪明一点的人选择较合脚的鞋子，但是智者却为自己制最合自己的脚的鞋子。

八

诗不是某一个官感的享乐，而是全官感或超官感的东西。

九

新的诗应该有新的情绪和表现这种情绪的形式。所谓形式，决非表面上的字的排列，也决非新的字眼的堆积。

十

不必一定拿新的事物来做题材（我不反对拿新的事物来做题材），旧的事物中也能找到新的诗情。

---

① 法文，意为变异。

十一

旧的古典的应用是无可反对的，在它给予我们一个新情绪的时候。

十二

不应该有只是炫奇的装饰癖，那是不永存的。

十三

诗应该有自己的 originalité①，但你须使它有 cosmopolité② 性，两者不能缺一。

十四

诗是由真实经过想象而出来的，不单是真实，亦不单是想象。

十五

诗应当将自己的情绪表现出来，而使人感到一种东西，诗本身就像是一个生物，不是无生物。

---

① 法文，意为特征。
② 法文，意为普遍。

十六

情绪不是用摄影机摄出来的，它应当用巧妙的笔触描出来。这种笔触又须是活的，千变万化的。

十七

只在用某一种文字写来，某一国人读了感到好的诗，实际上不是诗，那最多是文字的魔术。真的诗的好处并不就是文字的长处。

诗论零札（二）

竹头木屑，牛溲马勃，运用得法，可成为诗，否则仍是一堆弃之不足惜的废物。罗绮锦绣，贝玉金珠，运用得法，亦可成为诗，否则还是一些徒炫眼目的不成器的杂碎。

诗的存在在于它的组织。在这里，竹头木屑，牛溲马勃和罗绮锦绣，贝玉金珠，其价值是同等的。

批评别人的诗说“如七宝楼台，炫人眼目，拆碎下来，不成片段”，是一种不成理之论。问题不是在于拆碎下来成不成片段，却是在搭起来是不是一座七宝楼台。

西子捧心，人皆曰美，东施效颦，见者掩面。西子之所以美，东施之所以丑，并不是捧心或眉颦，而是她们本质上的美丑。本质上美的，荆钗布裙不能掩。本质上丑的，珠衫翠袖不能饰。

诗也是如此，它的佳劣不在形式而在内容。有“诗”的诗，虽以佶屈聱牙的文字写来也是诗；没有“诗”的诗，虽韵律齐整音节铿锵，仍然不是诗。只有乡愚才会把穿了彩衣的丑妇当做美人。

说“诗不能翻译”是一个通常的错误。只有坏诗一经翻译才失去一切，因为实际它并没有“诗”包涵在内，而只是字眼和声音的炫弄，只是渣滓。真正的诗在任何语言的翻译中都永远保持着它的价值，而这价值，不但是地域，就是时间也不能损坏的。

翻译可以说是诗的试金石，诗的滤箩。

不用说，我是指并不歪曲原作的翻译。

韵律齐整论者说：有了好的内容而加上“完整”的形式，诗始达于完美之境。

此说听上去好像有点道理，仔细想想，就觉得大谬。诗情是千变万化的，不是仅仅几套形式的和韵律的制服所能衣蔽。以为思想应该穿衣裳已经是专断之论了（梵乐希：《文学》），何况主张不论肥瘦高矮，都应该一律穿上一定尺寸的制服？

所谓“完整”并不应该就是“与其他相同”。每一首诗应该有它自己固有的“完整”，即不能移植的它自己固有的形式，固有的韵律。

米尔顿说，韵是野蛮人的创造；但是，一般意义的“韵律”，也不是半开化人的产物而已。仅仅非难韵，实乃五十步笑百步之见。

诗的韵律不应只有浮浅存在。它不应存在于文字的音韵抑扬这表面，而应存在于诗情的抑扬顿挫这内里。

在这一方面，昂德莱·纪德提出过这更正确的意见：“语辞的韵律不应是表面的，矫饰的，只在于铿锵的语言的继承；它应该随着那由一种微妙的起承转合所按拍着的，思想的曲线而波动着。”

定理：

音乐：以音和时间来表现的情绪的和谐。

绘画：以线条和色彩来表现的情绪的和谐。

舞蹈：以动作来表现的情绪的和谐。

诗：以文字来表现的情绪的和谐。

对于我，音乐，绘画，舞蹈等等，都是同义字，因为它们所要表现的是同一样的东西。

把不是“诗”的成分从诗里放逐出去。所谓不是“诗”的成分，我的意思是说，在组织起来时对于诗并非必需的东西。例如通常认为美丽的词藻，铿锵的韵音等等。

并不是反对这些词藻、音韵本身。只当它们对于“诗”并非必需或妨碍“诗”的时候，才应该驱除它们。

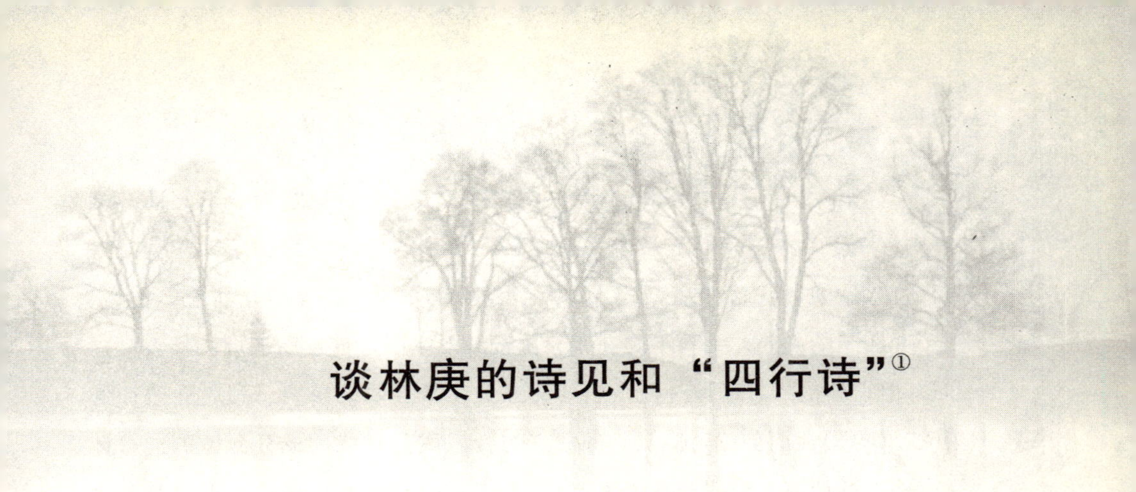

谈林庚的诗见和“四行诗”[1]

关于“四行诗”，林庚先生已写过许多篇文章了，如他在《关于北平情歌》一文中所举出的什么是自由诗，《关于四行诗》，《无题之秋》序，《诗的韵律》，《诗与自由诗》等等，以及这最近的《关于北平情歌》。一位对于自己的诗有这样许多话说的诗人是幸福的，因为如果他没有说教者的勇气（但我们已看见一两位小信徒了），他至少是有狂信者的精神的。不幸这些文章我都没有机缘看到，而在总括这几篇文章之要义的《关于北平情歌》中，我又不能得到一个林先生的主张之正确的体系。

第一，林先生以为自由诗和韵律诗的分别，只是“姿态”上的不同（提到他的“四行诗”的时候，他又说是“风格”的不同，而“姿态和风格”这两个不大切合的辞语，也就有着“不同”之处了），而说前者是“紧张惊警”，后者是“从容自然”。关于这一点，我们不知道林先生的论据之点是什么？是从诗人写作时的态度说呢，还是从诗本身所表现的东西说？如果就诗人写作时的态度说呢，则韵律诗也有急就之章，自由诗也有经过了长久的推敲才写出来的。如果就诗本身所表现的东西来说呢，则我们所碰的例子，又往往和林先生所说的相反。如我的大部分的诗作，可以加之以“紧张惊警”这四个绝不相称的形容词吗？郭沫若，王独清的大部分的诗，甚至那些口号式的“革命诗”（这些都不是“四行诗”。然而都是音调铿锵的韵律诗），我们能说它们是“从容自然”的吗？

---

① 林庚对本文的答辩：《质与文，答戴望舒先生》，见1937年《新诗》第2卷第4期。

我的意思是，自由诗和韵律诗（如果我们一定要把它们分开的话）之分别，在于自由诗是不乞援于一般意义的音乐的纯诗（昂德莱·纪德有一句话，很可以阐明我的意思，虽则他其他的诗的见解我不能同意；他说，“……句子的韵律，绝对不是在于只由铿锵的字眼之连续所形成的外表和浮面，但它却是依着那被一种微妙的交互关系所合着调子的思想之曲线而起着波纹的”）。而韵律诗则是一般意义的音乐成分和诗的成分并重的混合体（有些人竟把前一个成分看得更重）。至于自由诗和韵律诗这两者之孰是孰非，以及我们应该何舍何从，这是一个更复杂而只有历史能够解决的问题。关于这方面，我现在不愿多说一句话。

其次是关于林庚先生的“四行诗”是否是现代的诗这个问题。在这一方面，我和钱献之先生和另一些人同意，都得到一个否定的结论。从林庚先生的“四行诗”中所放射出来的，是一种古诗的氛围气，而这种古诗的氛围气，又绝对没有被“人力车”、“马路”等现在的骚音所破坏了。约半世纪以前挦扯新名词以自表异的诗人们夏曾佑、谭嗣同、黄公度等辈，仍然是旧诗人；林庚先生是比他们更进一步，他并不只挦扯一些现代的字眼，却挦扯一些古已有之的境界，衣之以有韵律的现代语。所以，从表面上看来，林庚先生的“四行诗”是崭新的新诗，但到它的深处去探测，我们就可以看出它的古旧的基础了。现代的诗歌之所以与旧诗词不同者，是在于它们的形式，更在于它们的内容。结构，字汇，表现方式，语法等等是属于前者的；题材，情感，思想等等是属于后者的；这两者和时代之完全的调和之下的诗才是新诗。而林庚的“四行诗”却并不如此，他只是拿白话写着古诗而已。林庚先生在他的《关于北平情歌》中自己也说：“至于何以我们今日不即写七言五言，则纯是白话的关系，因为白话不适合于七言五言。”从这话看来，林庚先生原也不过想用白话去发表一点古意而已。

这里，我应该补说：古诗和新诗也有着共同之一点的。那就是永远不会变价值的“诗之精髓”。那维护着古人之诗使不为岁月所斫伤的，那支撑着今人之诗使生长起来的，便是它。它以不同的姿态存在于古人和今人的诗中，多一点或少一点；它像是一个生物，渐渐地长大起来。所以在今

日不把握它的现在而取它的往昔，实在是一种年代错误（关于这“诗的精髓”，以后有机会我想再多多发挥一下）。

现在，为给“林庚的四行诗是否是白话的古诗”这个问题提出一些证例起见，我们可以如此办：

一、取一些古人的诗，将它们译成林庚式的四行诗，看它们像不像是林庚先生的诗；

二、取一些林庚先生的四行诗，将它们译成古体诗，看它们像不像是古人的诗。

我们先举出第一类的例子来，请先看译文：

日　日

春光与日光争斗着每一天
杏花吐香在山城的斜坡间
什么时候闲着闲着的心绪
得及上百尺千尺的游丝线

（译文一）

这是从李义山的集子里找出来的，但是如果编入《北平情歌》中，恐怕就很少有人看得出这不是林庚先生的作品吧。原文是：

日日春光斗日光
山城斜路杏花香
几时心绪浑无事
及得游丝百尺长

（原文一）

我们再来看近人的一首不大高明的七绝的译文：

离　　家

江上海上世上飘的尘埃
在家人倒过出家人生涯
秋烟已远了的蓼花渡口
逍遥的鸥鸟的心在天外

（译文二）

这是从最新寄赠新诗社的一本很坏的旧诗集《豁心集》（沉迹著）中取出来的。原文如下：

江海飘零寄世尘
在家人似出家人
蓼花渡口秋烟远
一点闲鸥天地心

（原文二）

这种滥调的旧诗，在译为白话后放在《北平情歌》中，并不会是最坏的一首。因此我们可以说，把古体诗译成林庚先生的“四行诗”是既容易又讨好。

现在，我们来举第二类的例子吧。这里是不脱前人窠臼的两首七绝和一首七律：

偶　　得

春愁恰似江南岸
水满桥头渐觉时
孤云一朵闲花草
簪上青青游子衣

（译文三）

古　城

西风吹得秋云散
断梦荒城不易寻
瓦上青天无限远
宵来寒意恨当深

（译文四）

爱之曲

黄昏斜落到朱门
应有行人惜旅人
车去无风经小巷
冬来有梦过高城
街头人影知难久
墙上消痕不再逢
回首青山与白水
载将一日倦行程

（译文五）

这三首诗是从《北平情歌》中译出来的，《偶得》见第30页，《古城》见第61页，《爱之曲》见第67页，译文和原文并没有很大的差异（第三首第四句改变了一点，）最后一首，连韵也是步原作的。我们看原文吧：

春天的寂寞像江南草岸
桥边渐觉得江水又高涨
孤云如一朵人间的野花
便落在游子青青衣襟上

（《偶得》）

西北风吹散了秋深一片云
古城中的梦寐一散更难寻
屋背上蓝天时悠悠无限意
黄昏来的冻意惆怅已无穷

（《古城》）

都市里的黄昏斜落到朱门
应有着行人们怜惜着行人
小巷的独轮车无风轻走过
冬天来的寒意天蓝过高城
街头的人影子拖长不多久
红墙上的幻灭何处再相逢
回头时满眼的青山与白水
已记下了惆怅一日的行程

（《爱之曲》）

这就证明了把林庚先生的“四行诗”译成古体诗也是并不困难而且颇能神似的。

这些所证明的是什么呢？它们证明了林庚先生并没有带了什么东西给现代的新诗；反之，旧诗倒给了林庚先生许多帮助。从前人有旧瓶装新酒的话，“四行诗”的情形倒是新瓶装旧酒了；而这新瓶实际也只是经过了一次洗刷的旧瓶而已。

在许多新诗人之间，林庚先生是一位有才能的诗人，《夜》和《春野与窗》曾给过我们一些远大的希望，可是他现在却多少给与我们一些幻灭了。听说林庚先生也常常写“绝句”（见英译《中国现代诗选》），那么或者他还没有脱出那古旧的桎梏吧。在采用了这“四行诗”的时候，林庚先生就好像走进了一个大森林中一样，他好像可以四通八达，无所不至，然而他终于会迷失在里面。

而且林庚先生所提倡的“四行诗”，还会生一个很坏的影响，那就是鼓励起一些虚荣的青年去做那些类似抄袭的行为，大量地产生一些拿古体诗来改头换面的新诗，而实际上我们的确也陆续看到了几个这一类的例子了。

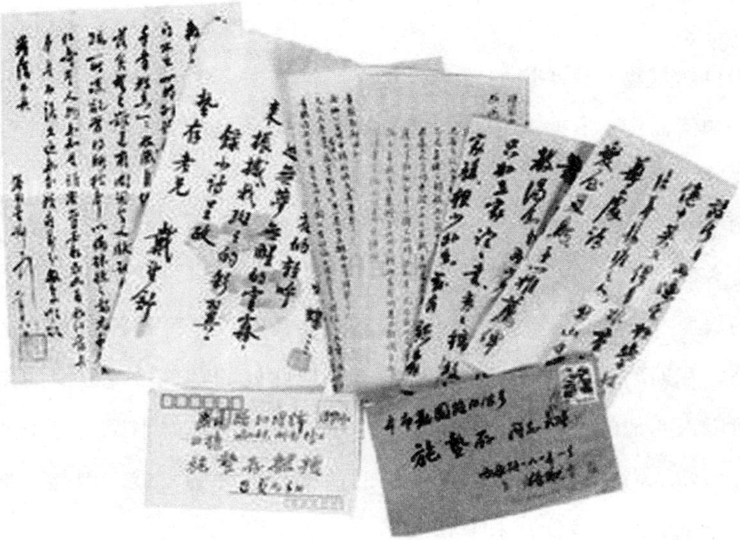

戴望舒信札

小说与自然

用自然景物来作小说的背景，是否用得其法，则要看作家自己的心境和手法如何而定。有时必须把自然景物引入作品里才成，有时则完全省去也不要紧。

例如女作家贞奥斯丁的小说便完全不用自然景物来作背景，她所描写的只有人而已。

汤姆斯·哈代的小说虽然也用自然景物作背景，可是他所描写的只限于威兹萨克斯附近的风光，不过他却能够把此处的特色玲珑浮突的刻画出来，所以人叫他的小说做威兹萨克斯小说。他把用来作小说的背景的自然景物，巧妙地借以帮助小说里的人物的活动和事件的发展，因此，哈代的作品几乎不能跟自然分开来了。

史蒂文生也是一个在小说里侧重利用自然景物的作家，在他笔下刻画出来的那些背景，无不像一幅绘画一样的显得鲜明而美丽。而且他所写的自然动的地方比静的地方多，所以能引起读者一种深刻的兴趣。如风怎样吹的样子，又如雨怎样下的光景，都是他最拿手的描写地方。况复他的观察力非常敏锐，又微带点神经质气味，无论如何细微的地方也不肯放过。所以其感动人的力量就能沁人心脾。我们读史蒂文生的小说时，透过那些自然景物的描写便可以看出他的泼辣的才气，以及辨别好坏美丑的锐利眼光。

康拉特的小说，其爱好描写自然景物实在比其他作家更深一层。不过他多用大海来作小说的背景，大概这是因为受了少时航海日夕亲睹海上风

光的影响吧？他所描写的船上火灾，沉船遇难，航行海上，暴风浪都能以一种独特的笔致细腻写出，刻画入微。然而这种写法虽然能在作品上多少加添些色彩，但是由于过分侧重自然活动的描写，就不免流露出一种主客倒置的不好现象。

梅利迪斯写恋爱小说时是运用富有诗意的风景来作背景。他的写法虽然写得非常曲折，但反而能够把自然感人最深的色与香的微妙处衬托出来，所以完全跟恋爱故事的小说背景铢两相称。而且他常常把普通物象描写成比普通更强烈，更浓厚，自然而然会予人一种深刻的印象。

这样说来，贞奥斯丁是完全不靠自然景物依然可以写出好作品，反之，康拉特却因太过侧重自然景物，作品的主意就不免被作背景的自然描写破坏掉。其余三人哈代，史蒂文生，梅利迪斯却走的是中间路线，他们不特把自然弄成小说的适当而调和的背景，而且还能借助自然景物加强了作品的主意。因此，我们不能一口断定描写自然是好是坏，却应该考虑到其时、其地、其事是否宜于利用自然而已。

魏尔兰诞生百年纪念

法国19世纪末叶的“诗人之王”，象征派大师保禄·魏尔兰，于1844年3月30日生于美兹。现在正是他诞生的百年纪念日。

对于我国的读者，魏尔兰已不是一个生疏的名字了。还在二十年前，田汉先生在《创造季刊》上曾写过一篇详细的评传，而魏尔兰的诗篇，也曾经由田汉，郭沫若，梁宗岱，李金发和戴望舒诸君翻译过，关心域外文艺的人们，想来也能记得吧。可是不知道他的人还是不在少数，所以趁这百年诞生的机会，来做一个尽可能简单的介绍：

魏尔兰生于1844年，父亲是一个军人。因为他父亲驻营在法国南部蒙伯里爱，所以魏尔兰很小就离开了故乡到他父亲的驻在所去。在1851年他父亲退职的时候，一家才移居巴黎。

他在波巴尔特中学读书。1862年，入飞鹰保险公司当职员，随后又在市政厅办事。可是不久，他的诗的天才觉醒了，他开始写诗，而在《进步杂志》发表了他的处女作。

在1866年，当《当代巴拿斯》创刊的时候，他还是默默无闻。他的第一部诗集《土星人诗篇》便是在这一年出版，可是一点也没有引起人们的注意。在1869年，他出版了《华庆集》，1870年《好歌集》也接着出版，他的声名才渐渐高起来，几乎驾于“巴拿斯派”诸诗人之上了。这时他和穆代女士结婚。那时普法战争，巴黎公社相继撼动了法国，据说魏尔兰也多少和巴黎公社的暴动有点关系，因而不得不离开法国，亡命到英国和比国去。

回到巴黎之后，他认识了那法国文坛的鬼才诗人韩波。这少年诗人对于他的吸力是那么的强大，以致他竟离开了他的妻子，和韩波一起到英国和比国去旅行。据说这两位诗人间关系之微妙不亚于英国之维尔特和道格拉思，而许多文献也是足证的。

1873 年，他们是在比京勃鲁塞尔，韩波向他断然表示已不再愿和他在一起了。魏尔兰在绝望之下，向韩波开了两枪。韩波只受了伤，他却因此而坐了十八个月的监。《无词之曲》就是他在狱中写的（1874），而使他名震一时的《智慧集》，也是在狱中酝酿成的。从这时起，他对天主教发生了信仰。

1875 年 1 月从狱中出来后，他回到法国去。这时他是只身孤影，因为他的妻子已在法院获准和他离异；于是他独自到英国去，在那里教法文和图画，一直到 1877 年为止。回国之后，他在雷代尔中学执教鞭，后来想经营农场，但终归失败。

《智慧集》的出版使他闻名全国（1881 年）。然而他当时还是教书度日，很少和文坛中人往还。在 1884 年，他出版了《恶魔诗人》和《今昔集》二集。从那个时候起，他不复独往独来了。当代的文豪推崇倍至，青年的一代受之若狂。然而他的生活仍然艰辛得很。他母亲的逝世（1886 年），使他更一败涂地，于是他的疾病的缠绵和悲惨的流浪生活开始了。他从一个医院转到第二个医院；从英国转到比国，从比国转到荷兰，从荷兰又回到法国。他的疲乏是愈来愈深了。

在巴拿斯派大诗人死后，一家报纸举行了一个选举，请人推荐今后的诗坛盟主。选举的结果，魏尔兰以七十七票被选作“诗人之王”。在这个时期，他的荣誉是达到了顶点了。

可是悲惨的命运并没有放松他。他依然在巴黎的拉丁区度着那光荣而悲惨的生活，一直到 1896 年为止。他的病日益沉重，最后不得不闭户卧床不起了。

在 1895 年 12 月 31 日，他写了他那题名为《死亡》的最后的诗。在 1896 年 1 月 8 日，他便孤零零地在笛卡德路的狭窄的寓所中与世长辞了。

他身后的声名一天一天地增大起来，成为热狂崇拜的中心，成为一个诗坛的偶像，而在1905年达到了最高峰。但是，从新的诗派抬头起来以后，他的声誉便一落千丈。到现在，他的诗在法国已很少有人读，甚至很少有人提起了。奇异的命运！

关于魏尔兰的评价，在法国的批评界毁誉各趋极端，使人莫衷一是。比较最公正的是《从鲍德莱到超现实主义》的作者雷蒙氏的意见，下面的就是：

> ……他来到世间，为的是把那由玛赛琳·代鲍德·华尔莫和拉马丁所奠基的亲切而感伤的抒情主义，导引到完善之境；为的是发现那只属于他的那种口说一般的诗的调子。这种调子也是合于没有矫作的祈祷，合于窃窃的私语，合于剧烈愿意或柔情奔放的表现；而在这种调子里，某一种"微妙之言的轮廓"往往终于消逝，犹之闪光之消逝到一个骚响的光轮中一样。这种诗所带着一种无比的密度所勾引起的，便是日常的欢快或苦痛的音乐，便是赤裸的，心理上的生活的感情；在那里，思想只是给肉体饮水的血的梦。

（1944年）

《星座》创刊小言

连日阴霾，晚间，天上一颗星也看不见，但港岸周遭明灯千万，也仿佛是繁星的罗布。倘若你真想观赏星，现在是，在这阴霾的气候，只好权且拿这些灯光来代替了。

沉闷的阴霾的气候是不会永远延续下去的。它若不是激扬起更可怕的大风暴，便是变成和平的晴朗天。大风暴一起，非但永远没有了天上那些星星，甚至会毁灭了港岛上这些权且代替星星的灯光，若是这些阴霾居然有开霁的一天，晴光一放，夜色定然比往昔更为清佳，不但有灿烂的星，更有奇丽的月，那时，港湾里的几盏灯光还算得什么呢？

《星座》现在寄托在港岛上。编者和读者当然都盼望着这阴霾气候之早日终结了。晴朗固好，风暴也不坏，总觉得比目下痛快些。但是，若果不幸还得在这阴霾气候中再挣扎下去，那么，编者惟一渺小的希望，是《星座》能为它的读者，忠实地代替了天下的星星，与港岸周遭的灯光同尽一点照明之责。

《恶之华掇英》译后记

对于我，翻译波特莱尔的意义有这两点：

第一，这是一种试验，来看波特莱尔的坚固的质地和精巧纯粹的形式，在转变成中文的时候，可以保存到怎样的程度。第二点是系附的，那就是顺便让我国的读者们能够多看到一点他们听说了长久而到得很少的，这位特殊的近代诗人的作品。

为了使波特莱尔的面目显示得更逼真一点，译者曾费了极大的，也许是白费的苦心。两国文字组织的不同和思想方式的歧异，往往使同时显示质地并再现形式的企图变成极端困难，而波特莱尔与我们的困难，又比其他外国诗人更难以克服。然而，当做试验便是不顾成败，只要译者曾经努力过，那就是了。显示质地的努力是更隐藏不显，再现形式的努力却较容易看得出来。把 Alexandrin，décasvllabe octosvllabe 译作十二言、十言、八言的诗句，把 rimes suivies，rimes croisées，rimes embrassées 都照原样押韵，也许是笨拙到可笑（波特莱尔的商籁体的韵法并不十分严格，在全集七十五首商籁体中，仅四十七首是照正规押韵的，所以译者在押韵上也自由一点）；韵律方面呢，因为单单顾着 pied 也已经煞费苦心，所以波特莱尔所常用的 rythme quater - naire trimètre 便无可奈何地被忽略了，而代之以宽泛的平仄法，是否能收到类似的效果也还是疑问。这一些，译者是极希望各方面的指教的。在文字的理解上，译者亦不过尽其所能。误解和疏忽虽竭力避免，但谁知道能达到怎样的程度？

波特莱尔在中国是闻名已久了的，但是作品译成中文的却少得很。散

文诗 *Le Spleen de Paris* 有两种译本，都是从英文转译的，自然和原作有很大的距离；诗译出的极少，可读的更不多。可以令人满意的有梁宗岱，卞之琳，沈宝基三位先生的翻译（最近陈敬容女士也致力于此），可是一共也不过十余首。这部小书所包涵的比较多一点，但也只有二十四首，仅当全诗十分之一。从这样少数的译作来欣赏一位作家，其所得是很有限的（因而从这点作品去判断作者，当然更是不可能的事了），可是等着吧，总之译者这块砖头已抛出来了。

对于指斥波特莱尔的作品含有“毒素”，以及忧虑他会给中国新诗以不良的影响等意见，文学史会给予更有根据的回答，而一种对于波特莱尔的更深更广的认识，也许会产生一种完全不同的见解。说他曾参加二月革命和编《公众幸福》这革命杂志，这样来替他辩解是不必要的，波特莱尔之存在，自有其时代和社会的理由在。至少，拿波特莱尔作为近代 Classic 读，或是用更时行的说法，把他作为文学遗产来接受，总可以允许了吧。以一种固定的尺度量一切文学作品，无疑会到处找到“毒素”的，而在这种尺度之下，一切古典作品，从荷马开始，都可以废弃了。至于影响呢，波特莱尔可能给与的是多方面的，要看我们怎样接受。只要不是皮毛的模仿，能够从深度上接受他的影响。也许反而是可喜的吧。

译者所根据的本子是 1933 年巴黎 Editions de Cluny 出版的限定本（Le Dantee 编校）。梵乐希的《波特莱尔的位置》一文，很能帮助我们去了解波特莱尔，所以也译出来放在这小书的卷首。

一九四七年二月十八日

图书在版编目（CIP）数据

倾听戴望舒：雨巷 / 戴望舒著；吾人选编．—北京：中国广播电视出版社，2013.5

（倾听文学书系．学生阅读馆）

ISBN 978－7－5043－6867－6

Ⅰ．①倾…　Ⅱ．①戴…　②吾…　Ⅲ．①戴望舒（1905～1950）—选集　Ⅳ．①I216.2

中国版本图书馆 CIP 数据核字（2013）第 054166 号

倾听戴望舒——雨巷

戴望舒 著　吾人 选编

责任编辑	杨　凡
封面设计	亚里斯
责任校对	张　哲
出版发行	中国广播电视出版社
电　　话	010－86093580　010－86093583
社　　址	北京市西城区真武庙二条 9 号
邮政编码	100045
网　　址	www.crtp.com.cn
电子信箱	crtp8@sina.com
经　　销	全国各地新华书店
印　　刷	涿州市京南印刷厂
开　　本	680 毫米×980 毫米　1/16
字　　数	160（千）字
印　　张	13.5
版　　次	2013 年 5 月第 1 版　2013 年 5 月第 1 次印刷
书　　号	ISBN 978－7－5043－6867－6
定　　价	26.00 元